Irgendwas

mit Gänseblümchen

Irgendwas
mit Gänseblümchen

Anouk Luisa Wieneke

Bibliographische Information der Deutschen Nationalbibliothek: Die Deutsche Nationalbibliothek verzeichnet diese Publikation in der Deutschen Nationalbibliographie; detaillierte bibliografische Daten sind im Internet über dnb.dnb.de abrufbar.

Herstellung und Verlag:
BoD – Books on Demand, Norderstedt

ISBN: 9783748141075

Für Omimi. Ich hoffe, ich kann dir mit den Gänseblümchen noch einen Wunsch erfüllen.

Delia

Das also ist keine Freundschaft, dass, wenn der eine die Wahrheit nicht hören will, der andere zum Lügen bereit ist.

Cicero

„Delia", Cara wedelt mit dem Arm vor meinen Augen herum, „ich rede mit dir!" Ich versuche mich auf Caras Stimme zu konzentrieren, während ich meine Augen langsam wieder öffne. Der Schmerz verschwindet. „Tut mir leid. Was hast du gesagt?", erwidere ich dann. „Es ist doch alles okay mit dir?" „Ich…", will ich anfangen, doch dann sehe ich Caras Blick, „es ist alles in Ordnung." „Jedenfalls", fängt Cara wieder an zu reden, „habe ich gerade von Ethan geredet." Sie deutet auf den Jungen, der einige Meter von uns entfernt im Bus steht. Er hat dunkle, etwas längere Haare und graue Augen. Er sieht gut aus, aber ich mag ihn nicht. Er gehört zu den „Coolen" und verhält sich respektlos und unfreundlich gegenüber seinen Mitschülern. „Was ist mit Ethan?", schlechtgelaunt schaue ich zurück zu Cara. „Ich weiß, dass du ihn nicht magst." Sie knufft mich in die Seite und lächelt ihr unglaubliches Lächeln, wobei ihre strahlend blauen Augen schelmisch funkeln. Sie wischt sich ihre blonden, langen Haare mit einer Handbewegung aus dem Gesicht und fährt dann fort: „Aber er ist echt süß.

Und ich glaube, er hat mich gerade angelächelt."
„Vielleicht findet er dich ja auch toll. Du solltest ihn ansprechen", gebe ich zurück. „Das sagst du nur, weil du meine beste Freundin bist. Du weißt doch genau so gut wie ich, dass ich bei ihm keine Chance habe." Ich erwidere nichts, denn wir sind an der Schule angekommen und müssen aus dem Bus steigen. Als ich in der Tür stehe, halte ich kurz inne und atme einmal tief durch. Mir wird bewusst, dass dieser Tag mein letzter normaler Tag an dieser Schule sein wird. „Lass mich durch, wenn du schon nicht weitergehst." Ethan rempelt mich an, so dass ich neben dem Bus auf die Straße stürze. Er läuft weiter, ohne sich noch einmal umzuschauen. „Alles in Ordnung?" Eva taucht vor mir auf und hilft mir, mich wieder aufzurichten. Sie und Rebecca sind nach Cara meine besten Freundinnen. „Ja. Danke", gebe ich zurück und versuche die Schimpfwörter für Ethan wegzudrängen, die in diesem Moment in meinem Kopf herumschwirren, denn Cara taucht neben uns auf. „Wie war euer Wochenende?", will Cara wissen und Rebecca und Eva fangen an vom Schlittschuhlaufen und anschließendem Essen bei unserem Lieblingschinesen zu erzählen. Ein Stich durchfährt mich. Es ist Eifersucht. Ich wäre gerne bei ihnen gewesen. „Lia?" Ich zucke zusammen und bitte Rebecca ihre Frage zu wiederholen. „Ich habe gefragt, was du am Wochenende gemacht

hast." Ich lasse mein Wochenende in meinem Kopf noch einmal ablaufen. Es war ein Alptraum. Am Freitag ist Mama zusammengebrochen, meine beiden vierjährigen Zwillingsschwestern Tabea und Emma haben eine Magen-Darm-Grippe bekommen und mein Bruder Linus, der erst zwei Jahre alt ist, hat den ganzen Tag nur geschrien. Am Samstag sind wir ins Krankenhaus gefahren und der Arzt hat mir und meiner Mama, wie es schon mehrere andere Ärzte vor einer Woche getan haben, langsam erklärt, was es bedeutet, ein Pankreaskarzinom zu haben. Ich habe nicht zugehört. Ich habe in die Leere gestarrt und überlegt, was ich tun würde, wenn ich ein anderer Mensch wäre. Ein gesunder Mensch in einem gesunden Körper.

Schon vor ein paar Monaten hat alles angefangen. Mir wurde jedes Mal nach dem Essen schlecht, ich habe stark abgenommen und immer wieder über Rückenschmerzen geklagt. Mama meinte, dass es vielleicht eine Magen-Darm-Grippe ist, dass ich meine Regel bekomme oder gegen irgendetwas allergisch bin. Doch irgendwann sind wir ins Krankenhaus gefahren. Die Ärzte haben viele Untersuchungen gemacht und jedes Mal kamen sie danach mit traurigen Mienen in mein Zimmer. Irgendwann haben sie Mama erzählt, woran ich leide. Sie ist in Tränen ausgebrochen. Dann haben sie es mir erzählt. Ich habe nicht viele der Worte mitbekommen. Nur das eine hallte in meinem Kopf immer wieder. Bauchspeicheldrüsenkrebs.

Ich habe nicht geweint. Nicht im Krankenhaus und auch nicht, als ich mit einigen Schmerztabletten wieder zu Hause war. Mit dem Wissen, dass ich in einer Woche wiederkommen werde, um operiert zu werden. Ich habe mich um Emma, Tabea und Linus gekümmert, gekocht, Mama das Frühstück ans Bett gebracht und die Wäsche gewaschen. Ich habe versucht mich abzulenken. Ich habe versucht mir zu sagen, dass alles gut werden wird, dass die Ärzte den Tumor in meinem Bauch entfernen können und ich wieder ganz gesund werde. Ich habe versucht ganz normal weiter zu leben und bis jetzt hat das auch geklappt.

Ich habe sogar Cara, Rebecca und Eva nichts erzählt. Ich konnte und wollte es nicht. Aber heute muss ich es tun. Heute ist mein letzter normaler Tag an dieser Schule und mit meinen Freundinnen. Nach dem heutigen Tag werde ich geschwächt von der Operation und der Chemotherapie, die darauf folgen wird, sein.

„Ich muss mit euch reden." Meine Stimme klingt heiser. „Geht es um deinen Vater?", fragt Rebecca traurig. Ich schüttele wild den Kopf. Mein Vater hat uns kurz nach Linus Geburt wegen einer anderen Frau verlassen. Seitdem hat er sich nie wieder blicken lassen, geschweige denn angerufen. Auch meine Mama und ich haben nicht mehr von ihm geredet, seit er verschwunden ist. Wir wissen noch nicht einmal, wo er wohnt, und darüber bin ich froh. Ich will nichts mehr von ihm wissen.

„Was ist denn dann los?" Eva schaut mich besorgt an. „Ich…Können wir das in der Pause besprechen? Wir treffen uns vor dem Musikraum." Meine Freundinnen nicken und wir verabschieden uns, um zu unseren Kursen zu laufen. Die letzte Stunde Normalität beginnt und das allererste Mal kommt sie mir willkommen. Ich wünsche mir dieses Mal nicht, wie sonst immer, ein aufregenderes Leben. Stattdessen wünsche ich mir mein normales, langweiliges Leben zurück.

Cara

Freundschaft währt am längsten, wenn sie mit dem gegenseitigen Versprechen, sich immer die Wahrheit zu sagen, besiegelt wird.

Ralph Waldo Emerson

Delia kommt mit wehenden braunen Haaren auf mich zu. Sie lächelt, doch ihre grünblauen Augen strahlen Trauer aus. Ich frage mich, was in letzter Zeit mit ihr los ist. Vielleicht wird sie es uns jetzt endlich sagen.

Hinter Delia sehe ich Ethan. Sofort spüre ich, wie ich rot werde und mein Herz anfängt schneller zu schlagen. Er unterhält sich mit Lilly, einem hübschen, rothaarigen Mädchen aus unserer Stufe. Ich werfe ihr einen giftigen Blick zu und wende mich ab, um Ethan nicht mit Lilly zusammen sehen zu müssen. Delia steht jetzt genau vor mir. Mir fällt auf, wie dünn sie geworden ist, und plötzlich mache ich mir Sorgen um sie. „Was willst du uns erzählen?" Als ich Tränen in ihren Augen sehe, bekomme ich einen Schock. Delia weint nie. Niemals habe ich sie bis jetzt weinen sehen. Nicht, als sie sich den Arm gebrochen hat, nicht, als ihre Oma gestorben ist und auch nicht, als ihr Vater abgehauen ist. Doch jetzt weint sie. Es ist beängstigend.

Unbeholfen nehme ich sie in die Arme und plötzlich ist es, als wären die zehn Jahre, die ich sie jetzt schon kenne, wie ausgelöscht. Es ist, als wäre das Mädchen, das jetzt vor mir steht, ein anderer Mensch. Jemand Fremdes, Zerbrechliches. „Ich habe Krebs", werde ich aus meinen Gedanken gerissen. Ich höre Delias Worte wie durch eine Wand. Ich sehe, wie Rebecca und Eva anfangen zu weinen und Delia sie dann umarmt. Ich jedoch bleibe stehen, wo ich bin, und ein schreckliches Gefühl macht sich dort breit, wo Delia mich gerade eben noch berührt hat. „Ich werde morgen operiert. Wenn die Operation gut verläuft, könnte ich wieder ganz gesund werden", höre ich Delia auf Rebeccas und Evas Fragen antworten. Sie schaut mich hilfesuchend an. Ich starre zurück. Was erwartet sie von mir? Was soll ich denn jetzt tun? Wie geht man mit jemandem um, der Krebs hat und vielleicht sterben wird? Ich weiß es nicht und deswegen tue ich nichts. Ich bleibe einfach dort stehen. Ich war noch nie die Starke von uns beiden. Immer war es Delia, die einen Ausweg wusste, wenn ich ein Problem hatte. Ich komme mir furchtbar nutzlos vor. Als in Delias Augen Schmerz aufblitzt, weiß ich, dass etwas nicht in Ordnung ist. Sie hält sich den Bauch und scheint sich vor Schmerzen zu krümmen. Im selben Moment sehe ich hinter Delia, wie Ethan einen Jungen, der doppelt so schwer ist wie er, anrempelt. Sofort wird er von dem dicken Jungen geschlagen, wodurch er das Gleichgewicht verliert. Delia und Ethan fallen gleichzeitig auf den Boden zu.

Mein Kopf ruckt zwischen den beiden Personen, die ich liebe, hin und her. Es fühlt sich an, als müsste ich eine wichtige Entscheidung treffen. Als ich mich mit Ethans Körper in den Armen wiederfinde und hektisch versuche, ihn zum Reden zu bringen, während ich Delias Kopf auf dem Boden aufknallen höre, weiß ich nicht, was mich dazu gebracht hat, zu Ethan zu laufen und Delia im Stich zu lassen. Aber ich weiß, dass ich diese Entscheidung bereuen werde. Ich hätte meiner besten Freundin helfen müssen. Ich hätte ihre beste Freundin sein sollen.

Delia

Die Zeit heilt nicht alle Wunden, sie lehrt uns nur, mit dem Unbegreiflichen zu leben.

Rainer Maria Rilke

Als ich aufwache, liege ich im Krankenwagen. Es ist beängstigend so schnell und so laut durch die Stadt zu rasen, mit den fremden Menschen um mich herum, die sich gegenseitig Befehle zurufen. Ich spüre den Schmerz in meinem Bauch, der mich gerade ohnmächtig hat werden lassen, nur noch dumpf. Die Rettungssanitäter müssen mir ein Schmerzmittel gegeben haben. „Kannst du uns sagen, wie du heißt?", wendet sich ein fremder Mann an mich, als er sieht, dass ich wach bin. „Delia Morgan", erwidere ich, „wo bringen sie mich hin?" „In das Sana-Klinikum in Remscheid", antwortet der Mann und ich bin beruhigt. Dort soll ich morgen sowieso operiert werden. „Ich habe Krebs", bringe ich noch hervor, bevor die Schmerzmittel mich in einen tiefen Schlaf ziehen.

Als ich das zweite Mal die Augen öffne, bin ich alleine. An meinem Arm hängt eine Infusion und ich liege in einem Krankenhausbett. Ich versuche mich

15

daran zu erinnern, was passiert ist, bevor ich umgekippt bin. *Ach ja, ich habe Eva, Rebecca und Cara erzählt, dass ich Krebs habe,* fällt es mir wieder ein. Ich sehe immer noch den Schock in ihren Augen und höre das Schluchzen von Eva und Rebecca, welches sich mit meinem eigenen vermischt hat. Denn auch ich habe zum ersten Mal, seit ich denken kann, geweint. Cara stand einfach nur da, wie betäubt. Und dann ist sie weggerannt.

Ich erschrecke, als die Tür aufgerissen wird. Ein großer, schlanker Junge kommt herein und guckt sich verwirrt um. Sein Gesicht ist grün und blau und er sieht aus, als ob er verprügelt worden wäre. Deswegen erkenne ich ihn auch erst auf den zweiten Blick. Es ist Ethan. „'tschuldigung. Ich hab mich wohl in der Tür geirrt", nuschelt er. Ich habe Schwierigkeiten, ihn zu verstehen, denn auch sein Mund ist verletzt und blutverschmiert. Er will schon wieder gehen, doch dann dreht er sich noch einmal um. „Irgendwoher kenne ich dich." Prüfend schaut er mir in die Augen und kommt auf mich zu. „Bist du nicht das Mädchen, das immer mit der Blonden zusammen ist?" „Bist du nicht der Junge, der grundlos jeden provoziert? Tja, diesmal warst du wohl selbst das Opfer. Geschieht dir recht", gebe ich wütend zurück. Ungläubig starrt er mich an, dann grinst er. „Raus!", zische ich und zu meiner großen Überraschung gehorcht er mir und verlässt den Raum ohne ein weiteres Wort.

Wenig später öffnet sich die Tür ein zweites Mal. Erst kommen Emma und Tabea und dann Mama mit Linus auf dem Arm in den Raum. Emma und Tabea sehen absolut gleich aus. Beide haben genauso lange, gewellte, dunkelbraune Haare wie ich, aber im Gegensatz zu mir haben sie schokoladenbraune Augen. Wir drei haben unsere Haare von Mama geerbt, die diese aber nur schulterlang trägt. Linus sieht genauso aus wie mein Vater. Er hat blaue Augen und hellbraune Locken. „Wie geht es dir?", will Emma von mir wissen und umarmt mich, während Tabea meine Hand nimmt. „Es geht schon wieder viel besser", antworte ich lächelnd. „Ich habe dir ein Bild gemalt." Tabea schmiegt sich an mich und reicht mir ein Blatt mit vielen roten und blauen Strichen. „Das ist aber schön geworden", lobe ich sie und nehme auch das Bild von Emma, das aus grünen und gelben Strichen besteht, entgegen. Ich lege beide auf meinen kleinen Nachttisch. „Hey Mama!" Ich versuche möglichst positiv zu klingen. Aber es gelingt mir nicht wirklich. Mama bricht wie so oft in letzter Zeit in Tränen aus. „Emma, Tabea, wie wäre es, wenn ihr kurz auf den Flur zum Getränkeautomaten lauft und mir ein wenig Wasser bringt. Ich habe furchtbaren

Durst", bitte ich meine Schwestern. Die beiden nicken brav und nehmen Linus an die Hand, der laut „Auch!" schreit. „Mama, bitte hör auf zu weinen. Es geht mir gut. Ich werde morgen operiert und dann werde ich wieder ganz gesund", wende ich mich an sie, als meine Geschwister das Zimmer verlassen haben. „Es tut mir leid, mein Schatz", sie nimmt mich in den Arm und streicht mir mit einer Hand über den Rücken. „Möchtest du, dass Oma und Opa vor der Operation kommen?" Ich bin überrascht, dass sie das fragt, denn sie meint nicht ihre Eltern. Die sind schon tot. Sie meint Papas Eltern, die ich immer sehr geliebt habe. Ich habe sie aber, seit Papa verschwunden ist, nicht mehr gesehen. „Nein. Schon gut. Ich brauche mich von niemandem zu verabschieden. Ich werde die Operation überleben, Mama", erwidere ich und versuche möglichst zuversichtlich auszusehen. Ich rede noch lange mit denselben Worten auf sie ein, bis es schließlich so spät ist, dass meine Familie gehen muss. „Die Ärzte wollen dich morgen so früh wie möglich operieren. Das heißt, wir werden uns morgen früh nicht mehr sehen." Mama sieht mich an, als würde sie auf eine Antwort warten. Ich nicke nur und umarme Mama dann ein letztes Mal, denn ich weiß, dass sie morgen früh nicht da sein kann. Sie muss arbeiten, damit sie genug Geld verdient, um uns zu ernähren. Als ich beruhigend ihre Hand gedrückt habe, um ihr zu verstehen zu geben, dass ich ihr deswegen nicht böse bin, verabschiede ich mich auch von meinen drei kleinen Geschwistern. „Ich habe euch lieb!", rufe ich ihnen noch nach, als sie schon an der Tür sind. Dann bin ich alleine und versuche die Tränen zurückzuhalten. Ich muss jetzt stark sein. Ich frage mich, ob wohl noch jemand kommen wird, um mir alles Gute für die Operation zu wünschen. Ich hoffe, dass es Cara sein wird.

Die Stunden vergehen, aber jedes Mal, wenn sich die Tür öffnet, ist es nur eine Krankenschwester, die zum Blutabnehmen kommt, oder ein Arzt, der mir noch einmal den Vorgang der Operation erklärt. Cara lässt sich nicht blicken.

Ich versuche mir einzureden, dass es gut so ist. Dass es besser ist, wenn sie nicht sieht, wie schlecht es mir geht. Denn mir geht es sehr schlecht, auch wenn ich das die ganze Zeit über zu verstecken versuche. Die Schmerzen, die anfangs nur im Bauch und Rücken waren, sind jetzt überall. Die Schmerzmittel, die ich mit nach Hause nehmen durfte, haben oft gereicht, aber manchmal, an den schlechten Tagen, lag ich mit einem Kissen in meinem Mund im Bett, um die Schreie zu dämpfen.

Als die Sonne langsam untergeht, beschließe ich, einen Spaziergang zu machen. Das kleine Stückchen Wald vor dem Krankenhaus wird durch die Sonne in wunderschöne gelbe und orangene Töne getaucht. In Gedanken versunken laufe ich den Weg entlang, als ich plötzlich gegen jemanden stoße. „Pass doch auf!", fluche ich und stolpere schnell einen Schritt zurück. „Pass selbst auf", kommt eine mürrische Antwort von dem Jungen vor mir. Natürlich ist es Ethan. Ich wende mich von ihm ab. „Ach, du schon wieder. Wo ist denn deine beste Freundin?", fragt er, als er mich erkennt, „Gerade war sie doch noch hier." Ich halte abrupt inne und drehe mich langsam um. „Cara war hier?" Ethan nickt. „Hat sie dich etwa nicht besucht?" Seine Stimme hat einen provozierenden Unterton und sofort werde ich wütend auf ihn. „Wenn du nicht sofort deine Klappe hältst,…" „Dann was? Dann schlägst du mich? Uhh, dann muss ich mich ja auf was gefasst machen." Ethan lacht. Er lacht mich aus. Ich werde noch wütender und dann, als er einen Schritt auf mich zukommt, hole ich aus und schlage ihm so fest wie möglich in sein Gesicht. Es tut unheimlich gut. Für einen Moment ist die gesamte Wut, die sich in letzter Zeit in mir angesammelt hat, verschwunden. Die Wut auf Mama, weil sie ständig nur heult, die Wut auf Papa, weil er uns einfach verlassen hat und vor allem die Wut auf

Cara, die mich in letzter Zeit immer wieder dazu gebracht hat, ihr meine Krankheit zu verschweigen. Dafür hat sie mit ihren Blicken gesorgt, die sie mir jedes Mal, wenn ich ein ernstes Gesicht gemacht habe, zugeworfen hat. Cara hat mich außerdem noch nicht einmal besucht, obwohl sie anscheinend im Krankenhaus war, um *Ethan* zu besuchen.

Doch dieser Augenblick ist viel zu schnell wieder vorbei, denn der Schmerz überkommt mich wieder. Ich bin es eigentlich gewohnt, doch dieses Mal ist es schlimmer als sonst. Ich lasse mich mit geschlossenen Augen auf den Boden fallen und die Welt kommt mir vor, als wäre sie durch eine Wand von mir getrennt. Ich höre Ethans Schreie nach Hilfe und dann andere Menschen, die ich nicht kenne, vermutlich sind es Ärzte. Ich versuche wach zu bleiben, gegen das Gefühl anzukämpfen, dass ich einfach loslassen könnte. Es gelingt mir, indem ich ganz feste eine Hand drücke, die unerklärlicherweise in meiner liegt. Ich stelle mir für einen Moment vor, dass es Cara ist. Der Gedanke, meine beste Freundin direkt neben mir zu haben, tut gut. Auch wenn es nur ein Wunschgedanke ist.

Dann nimmt der Schmerz langsam ab und vergeht schließlich fast ganz. Ich öffne meine Augen. Direkt vor mir befinden sich Ethans Augen und für einen Moment verliere ich mich in diesem wunderschönen Grau. „Sie ist wach!", höre ich ihn schreien. *Das war ich die ganze Zeit, du Idiot.* „Wie geht es dir?" Ethan schaut mich verunsichert an. „Wunderbar", erwidere ich sarkastisch, „siehst du doch." Er lächelt und das erste Mal ist es kein fieses Lächeln. „Könntest du dann vielleicht aufhören, meine Hand zu zerquetschen?" Er deutet mit seinen Augen hinunter. „Oh." Ich entziehe ihm meine Hand ruckartig und schaue ihm dann wieder ins Gesicht. Zufrieden stelle ich fest, dass sich ein neuer blauer Fleck auf seiner Wange gebildet hat. „Tja, ich kann wohl doch ganz gut zuschlagen." Jetzt lacht Ethan laut auf. Ich beobachte ihn dabei ganz genau. Sein hübsches Gesicht mit den harten Zügen, den langen Wimpern, die Grübchen, die sich beim Lachen bilden und seine dunklen Haare, die ihm wild in die Stirn fallen. Für einen Moment verstehe ich Cara. Er sieht wirklich gut aus. „Ich dachte da draußen gerade, dass du stirbst", sagt Ethan schließlich mit gerunzelter Stirn. „Noch gibt es Hoffnung, dass ich überlebe." Es sollte ein Witz sein, aber dieses Mal lacht Ethan nicht. „Du…könntest vielleicht wirklich sterben?", entsetzt starrt er mich an. Ich nicke zögerlich, überrascht darüber, dass die Schwestern es ihm noch nicht gesagt haben. „Ich habe Bauchspeicheldrüsenkrebs. Morgen werde ich operiert und sie versuchen den Tumor herauszuschneiden." Ethan schweigt und schaut mich einfach nur an. Ich bin froh darüber, dass er nicht so etwas wie „Tut mir leid" sagt. Ich brauche sein Mitleid nicht. Das brauche ich von Niemandem. Was ich bräuchte, wäre Unterstützung von meinen Freundinnen oder von meiner Mama. Wenn ich mit ihr zusammen bin, kommt es mir eher vor, als wäre sie die Krebskranke und ich die Mama. „Worüber denkst du nach?", reißt mich Ethan mit einer Frage aus den Gedanken. „Über Freundschaften und Verantwortung", gebe ich zurück, „Und du?" „Über das Schicksal." „Du glaubst an Schicksal?" Verwundert ziehe ich die Augenbrauen hoch. „Nein. Ich glaube, dass man sein Leben selbst in die Hand nehmen muss und für alles, was passiert selbst verantwortlich ist. Aber das gilt für mich. Vielleicht glaubst du an Schicksal oder an Gott. Dann ist es für dich Wirklichkeit. Ich glaube, dass jeder Mensch seinen eigenen Weg hat, das Leben zu leben und für jeden Menschen ist der eigene Weg der wirkliche, reale." Ich denke über Ethans Worte nach und überlege, auf welche Art und Weise ich lebe, welcher Weg meiner ist und woran ich glaube.

Ich denke auch darüber nach, Ethan nach Cara zu fragen und was er damit gemeint hat, dass sie hier war. Aber dann entscheide ich mich dagegen. Ich kenne ihn doch kaum. Andererseits ist er derjenige, der mir heute, vor meiner Operation am meisten Trost gespendet hat, obwohl ich ihn nie darum gebeten habe. „Ich habe Angst. Vor morgen meine ich", sage ich deswegen. Ich bin mir sicher, dass er nicht wie Mama losheulen und mir dann versichern wird, dass alles gut geht. „Natürlich, ich hätte auch Angst." Ethan umarmt mich unbeholfen, „Ich werde dich besuchen kommen, sobald die Ärzte fertig sind. Schließlich muss ich auch noch ein bisschen hier bleiben." Er deutet auf sein Gesicht und zu seinem Arm, der, wie ich erst jetzt bemerke, in einer Schlinge liegt. Ich schaue ihm nach, bis er aus der Tür verschwunden ist, und auch dann starre ich die Tür noch weiter an. Ich überlege, wie sich der Junge, den ich heute kennengelernt habe, in dem Schlägertypen, den ich bisher kannte, verstecken konnte.

Cara

Beim Abschiednehmen kommt ein Augenblick, in dem man die Trauer so stark vorausfühlt, dass der geliebte Mensch schon nicht mehr bei einem ist.

Gustave Flaubert

Als ich aus dem Krankenhaus laufe, sind Tränen in meinem Gesicht. Ich sehe immer noch Ethan vor mir, der mich zurückstößt, als ich ihn besuchen kommen möchte, und die Schwester, die mich bittet zu gehen, weil ich Ethan nur noch mehr aufrege. Ich bin wütend auf Ethan, die Schwester, aber vor allem bin ich wütend auf mich selbst. Wie konnte ich nur so nah bei Delia sein und sie dann nicht besuchen? Jetzt bereue ich es, dass ich nicht ein Zimmer weiter geklopft habe. Doch vorhin, auf dem Flur des viel zu sauberen und komisch riechenden Krankenhauses, konnte ich einfach nicht zu ihr gehen. Es ist, als wäre Delia plötzlich jemand anderes. Jemand Zerbrechliches. Und ich weiß nicht, wie ich mit ihr umgehen soll, wenn sie so zerbrechlich ist. Ich weiß nicht, was ich sagen soll, wenn ich ihr gegenüberstehe, und vor allem weiß ich nicht, wie ich damit umgehen würde, wenn sie wirklich sterben sollte. Mir ist klar, dass es feige und mies ist, schon jetzt Abstand zu ihr aufzubauen, aber vielleicht ist das die einzige Möglichkeit nicht völlig an ihrem Tod zu zerbrechen. Ich habe Delias Mama gefragt, wie wahrscheinlich es ist, dass sie stirbt. Sie hat mir erklärt, dass der Krebs lange unentdeckt geblieben und deswegen schon weit fortgeschritten ist. Dabei hat sie immer wieder geschluchzt und das hat mehr gesagt als Worte.

Am nächsten Morgen in der Schule kommen Eva und Rebecca sofort auf mich zu und fragen nach Delia. „Es geht ihr ganz gut, ich war gestern bei ihr", lüge ich, „sie wird wahrscheinlich gerade operiert." „Hast du ihr gesagt, dass wir sie vermissen und dass wir sie besuchen kommen, wenn sie es möchte?", vergewissert sich Rebecca. Ich nicke. „Sie hat gesagt, dass sie erst einmal ihre Ruhe braucht." Eva nickt verständnisvoll, aber Rebecca schaut mich skeptisch an. Ich weiche ihrem Blick aus. Ich weiß nicht, wann ich beschlossen habe, die beiden anzulügen. Ich konnte ihnen einfach nicht sagen, dass ich nicht bei Delia war. Sie hätten es nicht verstanden.

Ich schaue mich unbewusst in den Gängen um. „Suchst du nach Ethan?", reißt Eva mich lächelnd aus meinen Gedanken. Ich spüre, wie ich rot werde. „Er muss noch im Krankenhaus sein", lächelt Eva und fängt an, von seinen wunderschönen Augen zu reden. Ich sehe, wie Rebecca uns ungläubig anstarrt und dann wegläuft. Ich frage mich, was mit ihr los ist, aber ich folge ihr nicht.

Delia

The ability to sit down with another person and talk for hours, about anything and everything, is more attractive to me than anything else.

Koi Fresco

Als ich aufwache, sitzt Ethan vor meinem Bett. Er lächelt. Es steht ihm gut. Erst nach einigen Sekunden fällt mir auf, dass ich total blöd zurück lächle. Sofort lasse ich es sein und versuche, mich aufzurichten, aber es funktioniert nicht. Es muss an den Betäubungsmitteln liegen, dass ich noch so schwach und etwas schwer von Begriff bin. „Bleib liegen, sonst verletzt du dich noch." Ethan schiebt mich sanft zurück in das Kissen. „Ich musste versprechen, dass ich dich nicht wieder wütend mache, bevor sie mich hineingelassen haben. Wie fühlst du dich?" Als ich antworten will, kommt erst nur ein Krächzen aus meinem Mund. „Gut", bringe ich schließlich hervor. „Rede keine Scheiße. Du wurdest gerade operiert und hast Krebs. Dir kann es nicht gut gehen." Ich bin von Ethans Ehrlichkeit überrascht. Vielleicht sollte ich auch versuchen, ehrlich zu ihm zu sein. „Du hast recht. Mir geht es nicht gut. Ich mache mir Sorgen um meine Mama und meine Geschwister. Was ist, wenn sie an meinem Tod zerbricht und die drei auf sich alleine gestellt leben müssen? Ich glaube, dass Cara nicht mehr mit mir befreundet sein will, weil ich Krebs habe und auch meine anderen Freundinnen oder besser gesagt die Personen, von denen ich dachte, sie wären meine Freunde, haben sich nicht bei mir gemeldet. Und außerdem habe ich so eine große Angst. Ich habe über deine Theorie, dass jeder etwas hat, woran er glaubt und was für ihn real ist, nachgedacht und ich glaube an nichts mehr." „Delia", Ethan nimmt meine Hand und drückt sie. Es ist das erste Mal, dass er meinen Namen laut ausspricht und er klingt mit seiner Stimme wunderschön. „Beruhige dich. Du stirbst nicht. Alles wird gut. Du wirst es schaffen. Und ich bin sicher, dass auch du an etwas glaubst. Du weißt nur noch nicht woran, aber das wirst du herausfinden." Er will noch etwas sagen, aber in dem Moment kommt Dr. Miller, der Arzt, der mich operiert hat, in das Zimmer, gefolgt von meiner Mama. Linus, Emma und Tabea müssen im Kindergarten sein. „Du bist wach", ruft Mama mir zu und umarmt mich stürmisch, „Wie geht es dir?" Ich spüre Ethans Blick, als Mama mir die Frage stellt. „Es geht", antworte ich, obwohl ich praktisch sehen kann, wie verzweifelt Ethan versucht mich dazu zu bringen, ihr das zu sagen, was ich ihm gerade gesagt habe. Aber das kann ich nicht. Nach einiger Zeit räuspert sich Dr.

Miller und versucht so, unsere Aufmerksamkeit zu gewinnen. „Würden Sie bitte auf dem Flur warten? Sie können Delia später wieder besuchen", wendet er sich zuerst an Ethan. Dieser schaut wütend, tut dann aber das, was ihm gesagt wurde. „Es tut mir leid", fährt der Arzt mit ernster Miene fort. Mein Herz setzt einen Schlag aus, ich fange an zu zittern und spüre, wie ich blass werde. „Nein." Mama schlägt sich die Hände vor das Gesicht und ich höre sie schluchzen. „Als wir gesehen haben, dass der Tumor schon so weit fortgeschritten ist und Metastasen gebildet hat, konnten wir leider nicht mit der Operation fortfahren. Es tut mir wirklich sehr leid."

Bis jetzt habe ich nie verstanden, wieso Ärzte sich bei Menschen, die bald sterben werden, entschuldigen. Sie können ja nichts dafür, dass sie nichts tun können. Doch jetzt weiß ich wieso. Ich habe all meine Hoffnungen, dass ich wieder gesund werde, in diese Operation und diesen Arzt gelegt. Er hat sie jetzt zerstört und dafür entschuldigt er sich. Ich sehe Mama, wie sie mich heulend umarmt. „Nein", murmele ich immer wieder vor mich hin, als es mich wie einen Schlag trifft. Das, was vor der OP nur ein schrecklicher Gedanke war, wird jetzt plötzlich Realität. Ich werde sterben. Ich werde in ein paar Monaten nicht mehr auf dieser Welt bei meiner Familie und meinen Freunden leben. Ich werde einfach nicht mehr da sein, während sie ihr Leben weiter leben dürfen. Dabei war auch ich noch nicht fertig mit dem Leben. Ich bin erst 16. Ich hatte noch so viele Pläne. Ich sehe, wie der Arzt sich langsam von uns entfernt und wie Ethan ihn vor der Tür entsetzt anschaut. Und wieder fange ich an zu weinen. Es ist, als würden alle Tränen, die ich früher nie vergossen habe, ihre letzte Möglichkeit ergreifen noch geweint zu werden.

Schließlich muss Mama gehen, um meine drei kleinen Geschwister aus dem Kindergarten abzuholen. Sie beteuert, dass sie sofort wieder kommen wird, doch ich rede es ihr aus, denn es ist schon spät. Mama muss sich um Emma, Linus und Tabea kümmern. Die drei dürfen ihre Mutter nicht verlieren. Sie muss sich also am besten schon jetzt daran gewöhnen, dass ich nicht mehr da bin. Ich bin aber nicht sehr lange alleine in meinem kleinen Zimmer, denn sobald Mama das Krankenhaus verlassen hat, ist Ethan bei mir.

Jetzt sitzen wir gemeinsam schweigend auf meinem Bett. Ethan sieht ziemlich geschockt aus und mustert mich immer wieder, während er meine Hand hält oder mich umarmt. Seine Reaktion überrascht mich wieder. Vor einem Tag wusste er noch nicht einmal, dass ich existiere. Doch jetzt ist es, als würden wir uns schon ewig kennen und er leidet mit

mir. „Wegen dem, was du vorhin gesagt hast",
Ethan schaut mir in die Augen und redet dann weiter, „Cara hat dich wirklich nicht besucht, als sie
gestern hier war?", fängt er irgendwann an zu reden. Ich bin froh, dass er mich nach Cara fragt und
nicht darüber spricht, dass ich sterben werde und
mich fragt, was ich als nächstes tun werde. Denn
das weiß ich nicht. Ich schüttele den Kopf und mir
wird schmerzlich bewusst, dass sich immer noch
keine meiner Freundinnen bei mir gemeldet hat.
„Wenn ich darüber nachdenke, ist sie schon lange
nicht mehr so wie früher. Vor einem Jahr haben wir
alles zusammen gemacht und wir haben dabei die
ganze Zeit gelacht. Doch dann hat sie sich verändert. Sie hat sich immer mehr mit Eva angefreundet
und ihr unsere Insider-Witze und Geheimnisse erzählt. Sie hat angefangen sich zu schminken und
nur noch Markenkleidung zu tragen. Vielleicht war
ich ihr nicht mehr gut genug", erinnere ich mich.
Ethan ballt seine Fäuste zusammen. „Dann hat sie
dich nicht verdient." „Diese Probleme kommen
mir jetzt so irrelevant vor", füge ich nach einiger
Zeit hinzu. Ethan verzieht das Gesicht zu einer
Grimasse. Ich versuche aus seiner Miene schlüssig
zu werden. Er sieht aus, als wolle er auf etwas ein-
schlagen. „Hey, du wirst sie doch nicht verprügeln,
wenn du wieder in der Schule bist? Das solltest du
nämlich auf keinen Fall tun. Du kannst nicht immer

alles mit Gewalt lösen." „Ich tue, was ich will",
zischt Ethan verbittert und ist plötzlich auf den
Beinen. Überrascht von dem abrupten Stimmungswechsel, will ich ihn fragen, was los ist, aber da ist
er schon aus dem Raum gestürzt. Wieder einmal
starre ich die Tür an, durch die er verschwunden
ist. Ich frage mich, was ich falsch gemacht habe.

Gegen Nachmittag fange ich an, mir Gedanken
über meine Zukunft zu machen und überlege, wie
lange ich wohl noch leben werde. Ich fühle mich
unwohl in meinem kranken, schmerzenden Körper
und will plötzlich nur noch weg. Es fühlt sich an,
als würde ich in dem stickigen, kleinen Zimmer
keine Luft mehr bekommen und ich gerate in Panik. Wild schreiend drücke ich auf den Schwestern-
rufknopf. Doch es kommt niemand. Ich fühle mich
so alleine gelassen. Ohne nachzudenken wuchte ich
meinen Körper in den Rollstuhl, der neben meinem
Bett steht und schaffe es nach einigen Minuten hinaus auf den Balkon zu kommen. Schwer atmend
hole ich tief Luft. Die Kälte umhüllt meinen Körper wie eine Schutzhülle, doch gleichzeitig spüre
ich mit dem Wind, der um meine Ohren saust, die
Freiheit. Ich schließe die Augen und höre den zwit-
schernden Vögeln zu. Die Natur ist so wunderschön. Es gibt so Vieles, was ich hier vermissen
werde. Doch in diesem Moment wird mir auch klar,
dass die Natur so ist. Man lebt und man stirbt. Das

Leben ist vergänglich und auch wenn mich der Tod viel zu früh erreichen wird, ist Sterben völlig normal.

Später kommt Schwester Simone in das Zimmer, um noch einmal Blut abzunehmen. Sie fragt mich, ob ich Schmerzen habe und ich nicke. Sie gibt mir Tabletten. Außerdem kommt wenig später Dr. Miller wieder und erklärt mir, dass ich eine Chemotherapie bekommen werde, damit der Tumor, solange es geht, aufgehalten werden kann. Ich nicke mit geballten Fäusten und versuche, stark zu sein. Dann ist es wieder für einige Zeit still in meinem Zimmer.

Eine halbe Stunde später, als ich gerade unter großem Aufwand im Rollstuhl sitzend im Badezimmer verschwunden bin, klopft es an der Tür. „Moment!", schreie ich so laut, wie ich kann und versuche, mich zu beeilen. Ich merke, dass ich mir erhoffe Ethan zu sehen, wenn ich aus dem Badezimmer komme. Doch als ich Rebeccas braunrote, schulterlange Haare sehe, freue ich mich noch mehr. Meine Freundinnen haben mich also doch nicht vergessen! Ich rolle mit meinem Rollstuhl auf Rebecca zu und umarme sie. „Schön, dass du gekommen bist! Ich dachte schon, ich wäre euch völlig egal." Ich kann den Vorwurf in meiner Stimme nicht unterdrücken. Rebecca runzelt die Stirn. „War Cara nicht hier?" Ich schüttele verwundert den Kopf. „Nein, kein einziges Mal." Rebecca schaut entsetzt und ich frage sie, was los ist. „Naja, sie hat Eva und mir erzählt, dass sie hier war und du gesagt hast, dass du Ruhe brauchst und wir lieber nicht kommen sollen. Aber ich dachte, ich vergewissere mich lieber selbst, ob es dir gut geht." Ich werde wütend. Wieso tut Cara das? Ich merke, wie ich anfange zu zittern, und schnell versuche ich, mich wieder zu fangen. Um Cara kann ich mir auch später noch Gedanken machen oder vielleicht wäre es besser, wenn ich das ganz sein lasse. Anscheinend will sie keinen Kontakt mehr mit mir haben und ich werde nicht mehr lange genug leben, um mich mit ihr zu streiten. Wenn sie sich nicht für mich interessiert, brauche ich mich auch nicht für sie zu interessieren. Rebecca entschuldigt sich tausend Mal bei mir, dass sie nicht früher gekommen ist. „Wie geht es dir?", will sie dann zögerlich wissen. Ich schüttele niedergeschlagen den Kopf. Rebecca scheint mich sofort zu verstehen, denn ich sehe, wie sie mit den Tränen ringt. „Oh Lia." Sie schließt mich in eine lange Umarmung.

Wir reden lange über mich und ich erkläre ihr, dass ich ihnen nicht früher von meiner Krankheit erzählt habe, weil ich möglichst lange normal von ihnen behandelt werden wollte. Rebecca schafft es nicht mehr, ihre Tränen zurückzuhalten und fängt an zu schluchzen. Aber wir reden auch über lustige

Dinge und lachen viel. Rebecca versucht, mich aufzumuntern und ich gehe gerne darauf ein. Als ich vorhin draußen auf dem Balkon war, habe ich nämlich beschlossen, dass ich den Rest meines Lebens genießen werde, statt Trübsal zu blasen. Viel zu schnell ist der Tag vorbei und Rebecca muss wieder gehen. Doch sie verspricht mir, übermorgen wiederzukommen und fragt mich mehrmals, ob sie nicht schon morgen kommen soll. Doch ich rede ihr diese Idee aus, denn morgen hat sie Basketballtraining, das letzte Mal vor einem Turnier, auf das sie sich schon eine gefühlte Ewigkeit lang vorbereitet. Und auch Rebecca muss weiterleben.

In der Nacht schlafe ich unruhig. Ich kann nicht aufhören, über Cara, Eva und den Tod nachzudenken und außerdem habe ich Schmerzen. Wenn ich dann doch für kurze Zeit schlafe, träume ich von Kindern mit Glatze, Spritzen, misslungenen Operationen und Blut. Ich bin froh, als es langsam hell draußen wird und die Schwestern mir das Frühstück bringen.

Cara

Das Vertrauen ist wie eine zarte Pflanze. Ist es einmal zerstört, kommt es so schnell nicht wieder.

Otto von Bismarck

Als ich Rebecca am nächsten Morgen in der Schule sehe, weiß ich sofort, dass sie es weiß. Sie muss bei Delia gewesen sein. Ich versuche Rebecca darauf anzusprechen, doch sie würdigt mich keines Blickes. Auch Eva sehe ich an diesem Morgen nicht und ich weiß, dass Rebecca es ihr erzählt haben muss. Ich weiß auch, dass ich selbst schuld bin.

Gegen Mittag sehe ich Ethan. Nervös laufe ich auf ihn zu. „Du bist wieder da." Ich versuche ihn zu umarmen, doch er lässt mich abblitzen. Errötend entschuldige ich mich. Ich dachte halt, dass wir nach unserem Gespräch, das wir auf dem Weg zum Krankenhaus geführt haben, wenigstens befreundet sind. Ich verstehe nicht, warum er plötzlich so wütend auf mich ist, und ich fühle mich noch schrecklicher, als ich es eh schon getan habe.

In der Mittagspause sitze ich alleine in der Cafeteria. Einige Tische weiter sehe ich Ethan und ich bin überrascht, als er Rebecca, die gerade an ihm vorbeiläuft, am Arm festhält. Erst denke ich, dass er sie schlagen will, doch dann umarmt er sie und fängt an mit ihr zu reden! Neugierig versuche ich, mich ihnen unbemerkt zu nähern. „Die Ärzte wollten mir nichts sagen, aber ich denke, dass sie so bald wie möglich mit der Chemotherapie beginnen wollen", sagt Ethan gerade mit gesenktem Blick. Rebecca hat Tränen in den Augen. Ich zucke zusammen. Den ganzen Tag über habe ich schon versucht, Delia aus meinem Kopf zu verbannen. Doch jetzt, als Ethan sie erwähnt hat, kommen meine Gewissensbisse und meine Angst um sie wieder hoch. Natürlich will ich wissen, wie es ihr geht und wie die Operation verlaufen ist. Aber auch heute bin ich nicht dazu in der Lage, sie zu besuchen. Ich würde es nicht aushalten, sie leiden zu sehen. Ich würde es nicht aushalten zu spüren, wie sauer sie auf mich ist. „Jemand sollte bei ihr sein", höre ich Ethan weiterreden. Ja, *ich* sollte wohl bei ihr sein. „Ich…ich werde da sein", antwortet Rebecca zögerlich, „aber sie wird versuchen, mich wegzuschicken." Ethan sieht sie fragend an. „Ich bereite mich schon sehr lange auf ein wichtiges Basketballturnier vor", erklärt Rebecca schulterzuckend, „aber Delia ist natürlich wichtiger." Ich frage mich, wann Ethan angefangen hat, sich um Delia zu sorgen und Eifersucht durchfährt mich. Einen Augenblick später merke ich, wie dumm ich bin. Ich kann doch nicht wirklich eifersüchtig auf Delia sein. Sie hat Krebs. Zum ersten Mal wird mir bewusst, wie knapp sie wirklich davor sein könnte, zu sterben, und für einen Moment nimmt mir der Gedanke den Atem. „Nein." Ethan scheint mit sich zu ringen, „ich werde zu ihr gehen", entscheidet er sich dann. „Ich habe am Wochenende genug Zeit. Außerdem muss ich sowieso nochmal ins Krankenhaus." Er hält seinen Arm hoch, der noch immer in einer Schlinge liegt. „Bist du sicher?", vergewissert sich Rebecca. Ethan nickt, schon halb im Gehen, nicht ohne Rebecca vorher noch einmal zu umarmen. Seine Geste hat etwas Tröstendes und ich bekomme Panik. Was ist, wenn Delia wirklich gar keine Chance mehr hat, wieder gesund zu werden? „Viel Glück bei deinem Turnier!", ruft Ethan noch und dann sehe ich nur noch Rebecca, die mit gequälter Miene alleine in der Cafeteria steht. Es sieht so aus, als würde sie nicht hierher zu den lachenden und wild plappernden Schüler gehören, und in dem Moment weiß ich, dass die Operation nicht gut verlaufen ist. Mit letzter Kraft stürze ich zu den Toiletten und übergebe mich.

Delia

Leben heißt kämpfen.

Lucius Annaeus Seneca

Ich sitze auf einem Stuhl und spüre, wie die Flüssigkeit von der Infusion in meinen Arm läuft. Ich muss schlucken und rede mir ein, dass ich mich daran gewöhnen muss, dass das hier von nun an zu meinem Alltag gehören wird. Vorhin habe ich Cara eine SMS geschrieben, in der steht, dass es schön wäre, wenn sie heute Nachmittag kommen würde. Ich habe keine Antwort erhalten und mein Handy nach einiger Zeit ausgeschaltet. Es war zu deprimierend die ganze Zeit auf den leeren Bildschirm zu starren. Jetzt liege ich hier wie betäubt, mit panischer Angst. Ganz alleine. Ich habe Mama angerufen und ihr gesagt, dass die Chemotherapie verschoben wurde und erst heute Nachmittag beginnt, nicht schon heute Morgen, wie ihr vom Arzt gesagt wurde. Ich wollte nicht, dass sie mich leiden sieht. Sie ist schon so in einer schlechten Verfassung. Ich schließe meine Augen in der Hoffnung, einschlafen zu können. Doch dazu schwirren zu viele Gedanken durch meinen Kopf. Ich habe Angst davor, meine Haare zu verlieren und mit einer Glatze durch das Leben laufen zu müssen. Ich habe Angst vor den Schmerzen, die mich noch erwarten werden. Ich habe Angst davor, die Menschen, die ich liebe, zurück zu lassen. Vor allem habe ich Angst, zu sterben.

Ich zucke zusammen, als ich eine Hand auf meiner spüre. „Entschuldigung. Ich wollte dich nicht erschrecken", höre ich Ethans sanfte Stimme. Obwohl ich mich wundere, dass Ethan mich besucht, wo er doch gestern entlassen wurde, fühle ich mich sofort besser und schlage mühsam meine Augen auf. „Hey", flüstere ich. Ich will noch etwas sagen, aber Ethan bringt mich mit einem Zeichen zum Schweigen. „Nicht reden. Entspann dich einfach." Eine Weile ist es still und ich spüre nur seine warme Hand in meiner kalten. „Es tut mir so leid wegen gestern", entschuldigt sich Ethan schließlich, „wenn ich wütend bin, dann denke ich nicht mehr über das nach, was ich tue. Ich habe mich nicht mehr unter Kontrolle. Es tut mir wirklich leid." Ich drücke seine Hand, um ihm zu sagen, dass ich ihm verzeihe. Natürlich tue ich das. Er ist im Moment einer der einzigen, die ich habe. Ich rede mir ein, dass es in Ordnung ist, Ethan näher an mich herankommen zu lassen, denn er ist stark und ihn interessieren andere Menschen nicht. Er wird sich von meinem Tod nicht runterziehen lassen. Doch dann kommt mir seine Reaktion von gestern wieder in den Sinn. Er war traurig, obwohl wir uns erst einen Tag lang kannten. „Hör mal", fange ich deswegen an, „du musst das hier nicht tun. Du musst nicht für mich da sein. Du solltest dich nicht mit mir anfreunden, denn ich werde bald nicht mehr da sein. Dann wirst du mich verlieren. Noch ist es nicht zu spät. Du kennst mich noch nicht. Noch kannst du aus meinem Leben verschwinden und dich dann nicht mehr um mich kümmern, nicht mehr an mich denken. Mein Tod wird für dich ein kurzer Schock und vielleicht eine Trauerfeier in der Schule sein, aber nicht mehr." So lange zu reden hat mich erschöpft. Ich fange an zu husten. „Ich werde dich nicht im Stich lassen." Ethan streicht mir eine Haarsträhne aus dem Gesicht, „ich möchte dich gerne kennenlernen und ich werde die Zeit mit dir genießen, jeden Tag." Ich lächele, denn insgeheim habe ich auf diese Antwort gehofft. Dann schließe ich meine Augen wieder und bin schon fast in einen unruhigen Schlaf gesunken, als Ethan noch etwas sagt: „Ich werde dich nicht verlassen, nur weil das besser für mich wäre. So viele Menschen haben mich aus diesem Grund verlassen. Ich werde niemandem denselben Schmerz zufügen." Später frage ich mich, ob ich diese Worte geträumt habe oder ob Ethan sie wirklich ausgesprochen hat.

Als ich aufwache, sehe ich als erstes Mamas ver-
heultes Gesicht. Kurz bin ich verwirrt und weiß
nicht, wo ich bin. Doch dann sehe ich Blumen neben meinem Bett, rieche Desinfektionsmittel und
erinnere mich wieder. „Wie geht es dir, mein
Schatz?", fragt Mama mich besorgt. „Es geht",
krächze ich. „Dr. Miller wird gleich noch einmal
mit uns reden, wenn das in Ordnung für dich ist?"
Ich nicke.

Wenig später kommt Dr. Miller herein. Er erklärt
mir, dass ich die Chemotherapie brauche, um die
Schmerzen zu lindern, und dass der Krebs so lang-
samer voranschreiten wird, ich also mehr Zeit
habe. Er sagt, dass ich aber sicherlich bald nach
Hause kann und dann jede Woche einmal zu einer
ambulanten Behandlung wiederkommen kann.
Noch soll ich aber zur Beobachtung hier bleiben.
Meine Lebenserwartung beträgt etwa noch sechs
Monate.

Sechs Monate. Das ist ein halbes Jahr. Ich werde
vielleicht Weihnachten nicht noch einmal erleben.
Ich werde vielleicht nicht 17 Jahre alt werden.

Doch Dr. Miller sagt auch, dass es wichtig ist, positiv zu denken und zu versuchen, zu kämpfen.

Erst bin ich mir nicht sicher, ob ich wirklich kämpfen will. Was soll das schon bringen? Doch dann

denke ich an Mama, die sich erst an den Gedanken gewöhnen muss, dass ich bald nicht mehr da bin, bevor ich wirklich sterbe, an Linus, den ich weiter aufwachsen sehen möchte, an Tabea und Emma, die im Sommer eingeschult werden, an Rebecca, die Unterstützung für ihre Basketballkarriere braucht und an Ethan, der versprochen hat, dass er jeden einzelnen Moment, den wir noch gemeinsam verbringen können, genießen wird.

Ich beschließe zu kämpfen.

Cara

Es ist nie zu spät für das zu kämpfen, was einem wirklich wichtig ist.

Unbekannt

Meine Füße tragen mich wie von selbst zu Delias Haus. Ich sehe ihre Mama und ihre drei kleinen Geschwister, wie sie gerade aus dem Auto aussteigen. Emma, Tabea und Linus wirken so verloren. Ich bin es gewohnt, sie lachen zu sehen, aber jetzt starren sie müde auf den Boden. Doch sie sind nichts gegen Delias Mama. Ich kenne Grace schon lange, trotzdem habe ich sie noch nie so erlebt wie jetzt, noch nicht einmal, als ihr Ehemann sie verlassen hat. Ihre dunklen und sonst so hübschen Haare fallen ihr in fettigen Strähnen in das Gesicht und ihre braunen Augen sind vom Weinen gerötet. Doch am schlimmsten ist es, wie sie sich um ihre Kinder kümmert, oder besser gesagt, wie sie es nicht tut. Anstatt Linus abzuschnallen, läuft sie, ohne auf ihre Kinder zu warten, in das Haus hinein. Emma ist diejenige, die sich um Linus kümmert und ihm vorsichtig aus dem Auto hilft. Ich halte es nicht mehr aus, ihnen zuzusehen. „Emma!", rufe ich sie mit einer bemüht fröhlich klingenden Stimme und laufe auf sie zu, um ihr Linus abzunehmen. „Cara!", antwortet Emma erfreut und sieht mit dem Lächeln im Gesicht sofort wieder besser aus. Auch Tabea scheint sich zu freuen. „Darf ich kurz reinkommen?", will ich von den beiden wissen. Sie nicken.

Als ich die Küche betrete, beiße ich die Zähne zusammen. Es sieht aus wie in einem Saustall. Überall stehen Töpfe, Pfannen und Teller mit Essensresten herum und auf dem Boden befindet sich eine große Wasserlache. „Wo ist denn eure Mama?" Ich blicke fragend zu Tabea und Emma und sie zucken mit den Schultern. „Vielleicht im Bett." Ich schaue mich geschockt um. Dann fange ich an aufzuräumen. Als erstes nehme ich mir die Küche vor. Ich stopfe die Essensreste in den Mülleimer, das dreckige Geschirr in die Spülmaschine und den Rest spüle ich mit der Hand. Dann wische ich das Wasser auf dem Boden auf und sauge sowohl Küche als auch Wohnzimmer durch. Emma und Tabea helfen mir, so gut es geht. Dann zeigen sie mir den Berg von Wäsche, der sich im Waschkeller angesammelt hat, und ich stelle auch die Waschmaschine und wenig später den Trockner an. Nach etwa drei Stunden lasse ich mich erschöpft neben Linus, Emma und Tabea auf das Sofa sinken. Immer wieder bedanken sich die beiden Mädchen bei mir und ich versuche, sie aufzumuntern. Gemeinsam beschließen wir, einkaufen zu gehen, als wir bemerken, dass der Kühlschrank leer ist. Ich backe ihnen Pfannkuchen und bringe sie anschließend ins Bett.

Schließlich lasse ich mich auf dem Sofa nieder. Ich frage mich, wie es für Emma, Tabea und Linus weitergehen soll. Schließlich kann ich nicht jeden Tag kommen. Ich überlege, ob ich Delias Vater anrufen soll, aber dann fällt mir ein, dass er verschwunden ist, ohne irgendetwas von sich zurückzulassen. Ich habe keine Nummer, die ich wählen könnte. Außerdem würde Delia mir das nie verzeihen. Ich seufze, als mir bewusst wird, dass es eh schon tausend Dinge gibt, die sie mir nie verzeihen wird. Aber mir wird klar, dass ich wenigstens diese eine Sache noch für sie tun kann. Ich kann dafür sorgen, dass es ihren Geschwistern gut geht und ihre Mutter nicht völlig an ihrem Tod zerbricht. Entschlossen stehe ich auf und laufe zu dem Zimmer von Delias Mutter. Kurz bevor ich es betrete, atme ich tief durch. Ich muss all meinen Mut zusammennehmen, um das hier zu tun.

„Grace?" Ich sehe Delias Mutter auf dem Bett liegen und an die Decke starren. Sie reagiert nicht. Ich stapfe wütend auf sie zu und schüttele sie. Wie kann eine Mutter nur ihre Kinder so sehr im Stich lassen? „Grace, du musst dich zusammenreißen! Ich weiß, dass es schwierig ist, sich an den Gedanken zu gewöhnen, dass Delia vielleicht sterben wird, dass sie nicht mehr bei uns sein wird, aber du hast noch drei weitere Kinder, die dich brauchen. Sie können nicht ohne ihre Mutter weiterleben, wie man heute gesehen hat. Ich habe den ganzen Tag gebraucht, um zu putzen, einzukaufen und um mich um Emma, Tabea und Linus zu kümmern. Für einmal ist es okay, aber ich werde nicht immer die Zeit dafür haben. Deine Kinder brauchen eine Mutter. Sie brauchen dich. Und wenn du dich jetzt nicht aufraffen kannst, dann werden sie es dir nie verzeihen. Vor allem wirst du dir das nie verzeihen. Auch Delia braucht dich. Sie ist krank und wird sterben, aber wie ich sie kenne, macht sie sich nur Gedanken darüber, wie du nach ihrem Tod klarkommen wirst. Du könntest es ihr ein bisschen leichter machen, indem du ihr das Gefühl gibst, dass du auch ohne sie weiterleben wirst. Ich glaube, das würde ihr sehr helfen." Tränenüberströmt starre ich Grace an. Sie sieht erschrocken aus. Dann fängt auch sie an zu weinen.

Wir reden an diesem Abend nicht mehr, sondern sitzen nur zusammen im Bett und schluchzen ab und zu, während wir uns in den Armen halten. Wir sind beide Menschen, die Delia zu sehr lieben und es nicht aushalten können, sie sterben zu sehen. Grace schottet sich von der Welt ab und ich versuche Delias Krankheit zu ignorieren. Das sind unsere Wege zu versuchen, damit klarzukommen.

48

Doch diese Wege funktionieren nicht. Grace muss weiterleben und ich muss der Wahrheit ins Gesicht blicken. Aber das ist für uns beide nicht leicht.

Als es schon lange dunkel ist, beschließe ich zu gehen. Ich sage nichts mehr, sondern verlasse das Haus, ohne mich zu verabschieden. Ich muss einfach darauf vertrauen, dass meine Worte geholfen haben und Grace sich aufraffen wird. Und auch ich sollte mich wohl aufraffen und endlich zu Delia gehen. Doch ich weiß nicht, ob ich das kann.

Delia

And suddenly I didn't see a way to live without you anymore.
Suddenly I was in love with you although I didn't want to.

Unbekannt

Als ich aufwache, bin ich müde. Ich bin immer müde, seit ich vor zwei Wochen das erste Mal die Chemotherapie bekommen habe. Manchmal frage ich mich, ob es sich dafür lohnt, ob ich wirklich mein Leben verlängern will, wenn ich nur noch im Bett liegen kann. Doch dann denke ich an meinen Beschluss zu kämpfen.

Als ich das nächste Mal aufwache, kommt Ethan gerade herein. Er lächelt mich an und dieses eine Lächeln gibt mir so viel Energie, wie fast nichts anderes. Vorsichtig versuche ich, mich alleine aufzusetzen, doch Ethan liest meine Gedanken und schon eine Sekunde später sitze ich in seinen Armen. Es tut gut, von ihm gehalten zu werden. Erschöpft schließe ich die Augen, ohne jedoch wieder einzunicken.

„Wie fühlst du dich?", fragt Ethan nach einiger Zeit. „Ich weiß es nicht", gebe ich ehrlich zu. „Manchmal denke ich einfach, dass das hier falsch ist. Dass ich eine Geschichte von einem anderen

Mädchen höre oder lese. Doch ich kann nicht aufhören, zuzuhören oder zu lesen. Und dann wird
mir bewusst, dass ich diejenige bin, die stirbt. Das
macht mich traurig. Ich wollte noch so viele Dinge
in meinem Leben machen. Ich hatte noch so viele
Pläne, wollte noch so viele Menschen treffen und
so viele Länder sehen." Ich muss aufhören zu reden, denn ich fange an zu husten. „Du solltest noch
ein paar dieser Dinge tun." Ethan reicht mir ein
Glas Wasser und wartet dann, bis ich mich wieder
beruhigt habe. „Schreib sie auf. Und dann wirst du
die Dinge in der Zeit, die du noch hast, erleben."
Die Art und Weise, wie er über mich und meinen
Tod spricht macht mich seltsamerweise glücklich.
Mir wird bewusst, dass es daran liegt, dass es so
leicht ist, mit ihm darüber zu reden. Mama wäre
jetzt schon längst in Tränen ausgebrochen. Ich
denke auch über seinen Vorschlag nach. Vielleicht
werde ich wirklich eine Liste schreiben.

„Was ist mit deiner Familie?", frage ich Ethan,
nachdem wir wieder lange Zeit geschwiegen haben,
„Haben die gar nichts dagegen, dass du den ganzen
Tag hier bei mir bist?" Ich spüre, wie Ethan sich
verkrampft. „Nein. Die vermissen mich nicht. Die
merken wahrscheinlich noch nicht einmal, dass ich
weg bin." Verbittert schaut er mich an. Ich traue
mich nicht nachzufragen, denn offensichtlich will
er nicht darüber reden.

Als Ethan schließlich von meinem Bett aufsteht, bleiben einige meiner Haarsträhnen an seinem T-Shirt hängen. Ich starre sie an. Natürlich wusste ich, dass ich durch die Chemotherapie meine Haare verlieren werde, doch dass es so schnell geschieht, war mir nicht klar oder ich habe es zu verdrängen versucht. Traurig schaue ich zu Ethan. „Es sind nur Haare", versucht er mich aufzumuntern, „ich wette, dass du ohne sie sogar noch besser aussehen wirst, als jetzt." Ohne es zu wollen muss ich lächeln. „Können wir ein Foto machen?", bitte ich dann und sofort holt Ethan sein Handy hervor.

Wir gehen hinaus in den Park, um Fotos zu machen. Ethan muss mich stützen und wir machen einige Pausen, doch schließlich sind wir in dem kleinen Park angelangt. Erst macht Ethan einige Fotos von mir alleine und dann machen wir welche zusammen. Ich sehe sie als eine Art Erinnerung an mein altes Leben. Als wir dann die Schwestern nach einer Schere fragen und Ethan meine Haare nach und nach abschneidet, sehe ich das als einen Start in den neuen Abschnitt meines Lebens.

Erst als Ethan weg ist, ich alleine vor dem Spiegel stehe und mein neues Ich betrachte, werde ich wirklich traurig. Ich starre mich an und wundere mich, wie sehr sich ein Mensch verändern kann, wenn er sich die Haare abschneidet.

Am Sonntagabend, direkt nach ihrem Basketball-turnier, das in Berlin stattgefunden hat, kommt Rebecca mich besuchen. Sie bringt mir eine Mütze mit, auf der in bunten Buchstaben „Berlin" steht und sofort setze ich sie lächelnd auf.

Rebecca erzählt mir freudestrahlend von dem Turnier, welches sie und ihre Mannschaft gewonnen haben. Ich weiß, dass sie versucht, mich mit ihrer guten Laune anzustecken, und es gelingt ihr sogar. Als sie wieder geht, habe ich immer noch ein Lächeln im Gesicht.

Doch lange bin ich nicht alleine. Schon bald kommt Mama und sobald ich sie sehe, weiß ich, dass sich etwas verändert hat. Sie hat keine roten Augen wie sonst in letzter Zeit und ihre Haare sind frisch gewaschen. Außerdem lächelt sie. Auch Emma, Tabea und Linus sehen viel glücklicher aus. Ich bin so froh! Endlich ist Mama wieder wie früher: stark, mit guter Laune und eine wundervolle Mutter. „Es tut mir so leid, mein Schatz, dass ich in den letzten Tagen so blöd war." Ich schließe sie lächelnd in meine Arme und frage mich, wer es geschafft hat, sie aus ihrer Starre zu befreien.

Als meine Familie nach drei Stunden wieder nach Hause fährt, bin ich das erste Mal seit langem beruhigt. Ich kann nun sicher sein, dass Mama,

Emma, Tabea und Linus auch ohne mich zurechtkommen werden, wenn es an der Zeit dazu ist. Jetzt weiß ich endlich, dass Mama nicht aufhören wird, eine Mutter für meine drei kleinen Geschwister zu sein, wenn ich sterbe. Zum ersten Mal seit langer Zeit schlafe ich die Nacht tief und fest durch, ohne Alpträume zu haben.

Als ich aufwache, ist mir furchtbar übel. Gerade noch rechtzeitig kann ich nach der Pappschale greifen, die neben meinem Bett steht, um dort hineinzukotzen. Ich habe Schmerzen. Alles tut weh und das, obwohl ich schon einige Schmerzmittel über die Infusion an meinem Arm bekomme. Zitternd schaue ich auf meinen Wecker. Es ist sieben Uhr morgens. Ich will versuchen aufzustehen, doch meine Beine geben unter mir nach. Mein Körper gehorcht mir nicht mehr. Wütend schreie ich auf. Wieso denn ausgerechnet ich? Wieso muss ich hier liegen und diese furchtbaren Schmerzen ertragen? Mit Tränen in den Augen sacke ich auf dem Boden zusammen und warte darauf, dass jemand kommt, um mich aus dieser Position zu befreien.

Das zweite Mal an diesem Tag werde ich von einer kleinen Hand, die mich immer wieder anstupst, wach. Überrascht stelle ich fest, dass ich wieder in meinem Bett liege. Ich frage mich, wer mich hineingelegt hat. „Du bist wach!", höre ich eine hohe Stimme sagen. Ich brauche einen Moment, bis ich erkenne, dass ein kleines Mädchen auf meinem Bett sitzt. Sie ist furchtbar dünn und ich befürchte, dass ihr leichter Körper gleich weggeblasen wird oder sie im nächsten Moment zusammenklappt. Wie ich hat sie sich die Haare zu einer Glatze abrasiert. Ihr Gesicht ist blass, aber ihre braunen Augen strahlen voller Leben. Sofort weiß ich, dass sie nicht in diesen Körper gehört. Sie selbst ist voller Leben, doch ihr Körper ist dabei, zu sterben, zerfressen von Krebs. „Wer bist denn du?", frage ich das Mädchen schließlich. Aufgeregt hüpft sie von meinem Bett und springt im Zimmer auf und ab. „Ich bin deine neue Bettnachbarin. Ich heiße Marina." „Ich bin Delia", stelle ich mich vor und schaue Marina belustigt an. „Ich habe auch Krebs. Wie du", erzählt Marina mir, als wäre es das Normalste der Welt. Ich nicke, denn ich weiß nicht so recht, was ich darauf antworten soll. „Aber ich werde schon bald sterben. Du hast noch Zeit", meint Marina ernst. Ich schaue sie bestürzt an. „Weißt du", redet sie weiter, „ich habe keine Angst vor dem Tod. Ich werde dann bei meiner Mama sein. Sie ist schon im Himmel. Sie hatte einen Autounfall." Sie wird von einem Klopfen an der Tür unterbrochen. Eine

Schwester kommt herein. „Wie ich sehe, hat Marina dich schon aufgeweckt", wendet sie sich lächelnd an mich und fängt an, meinen Blutdruck zu messen. „Ich bin mir sicher, dass ihr euch gut verstehen werdet." Sie zwinkert mir zu und erkundigt sich dann nach meinen Schmerzen und danach, wie ich geschlafen habe. Ich beantworte die Fragen schon fast automatisch, während ich über Marina nachdenke und mir klar wird, dass die Schwester Recht hat. Ich mag Marina sofort.

An diesem Tag bin ich nie alleine. Marina folgt mir zur Chemotherapie, zum EKG und zu allen weiteren Untersuchungen. Sie ist wie mein persönlicher Schutzengel. Je mehr Zeit ich mit ihr verbringe, desto öfter frage ich mich, wie sie so viel Energie haben kann, wenn sie schon so krank ist. Einerseits kommt es mir so vor, als wäre sie überglücklich hier auf der Erde zu sein. Doch andererseits ist es fast so, als wäre sie schon im Himmel, im Paradies, an das sie so fest glaubt. Immer wieder spricht sie davon, wie sie ihre Mutter wiedersehen und wie glücklich sie sein wird. Aber sie erzählt mir auch viel über ihren Vater, den sie hier, auf der Erde hat. „Ich werde ihn vermissen. Aber ich bin ja nicht für immer von ihm getrennt. Irgendwann wird er auch in den Himmel kommen", sagt Marina. Als wir gerade dabei sind, Erdbeeren zu essen, wird Marina plötzlich still und das erste Mal an diesem Tag lächelt sie nicht. Langsam lässt sie die Erdbeeren fallen. Schmerz zeichnet sich auf ihrem Gesicht ab. Besorgt laufe ich zu ihrem Bett und nehme ihre Hand. Ich weiß, wie sie sich gerade fühlt und was für große Schmerzen sie in diesem Moment hat, denn ich habe diese Krämpfe selbst schon einige Male erlebt. Beruhigend streichele ich ihr Gesicht, wissend, dass ich nichts anderes für sie tun kann. Nach einiger Zeit entspannen sich ihre Gesichtszüge wieder. „Delia", flüstert sie, „versprich mir, dass du das Leben genießt, okay? Nur weil ich jede Sekunde ausgekostet habe, kann ich jetzt bald glücklich sterben." Überrascht nicke ich. „Ich verspreche es." Das ist der Moment, in dem ich beschließe, dass ich wirklich eine Liste mit den Dingen, die ich noch machen möchte, schreiben werde, wie Ethan es vorgeschlagen hat. Sofort mache ich mich an die Arbeit.

Herausfinden, woran ich glaube.

Das sind die ersten Worte auf dem Blatt Papier, denn Ethans Worte sind mir nicht mehr aus dem Kopf gegangen. Ich will unbedingt wissen, woran ich glaube, denn an Schicksal oder, wie Marina, an einen Himmel und Gott glaube ich nicht.

Zugfahren ohne Ziel.

Das schreibe ich als nächstes. Ich liebe Bahnhöfe und habe mir schon so oft gewünscht einfach in irgendeinen Zug zu steigen und irgendwo anzukommen.

Durch den Regen tanzen.

Diesen Punkt meiner Liste muss ich unbedingt gemeinsam mit Marina machen. Ich freue mich schon jetzt auf ihr Lachen und das Gefühl von Freiheit, das ich beim Tanzen immer verspüre, obwohl ich es nicht kann, nie können werde und es wahrscheinlich ziemlich bescheuert aussieht.

Oma und Opa besuchen.

Damit meine ich, dass ich auf den Friedhof gehen werde, denn meine Großeltern sind schon vor einigen Jahren gestorben. Ich nehme mir vor, dass ich Ethan bitten werde, mitzukommen, um ihm zu sagen, wie ich mir meine Beerdigung vorstelle. Aber das schreibe ich natürlich nicht auf.

Nachts schwimmen gehen.

Tequila trinken.

Motorrad fahren.

Mit der Seilbahn auf dem Spielplatz fahren.

Diesen Punkt der Liste würde ich so gerne mit Cara machen. Als wir noch jünger waren, sind wir oft zusammen damit gefahren, aber wir waren schon so groß und schwer, dass die Schaukel dabei immer ein Stück auf dem Boden lang geschleift ist. Bei diesem Gedanken merke ich, wie sehr ich Cara vermisse.

Segelfliegen.

schreibe ich als nächstes auf. Mein Vater ist früher jedes Wochenende geflogen und ich habe mir immer gewünscht, einmal mitzukommen. Doch er hat mir jedes Mal gesagt, dass ich noch zu jung bin, und als ich elf war, hat er das Fliegen aufgegeben. Obwohl er jetzt weg ist und ich furchtbar sauer auf ihn bin, ist dieser Wunsch immer noch geblieben.

Einen Horrorfilm im Kino schauen.

Ich habe mir schon oft überlegt, wie es wohl ist, ganz vorne zu sitzen und dann während eines gruseligen Moments in die Gesichter der anderen Besucher zu schauen.

Meine letzten beiden Wünsche erscheinen mir am einfachsten:

Einen letzten normalen Schultag.

und

Blaubeeren auf dem Gipfel eines Berges pflücken.

Damit ist meine Liste erst einmal fertig. Ich schaue zu Marina, die mir ungewöhnlich still vorkommt, und bemerke, dass sie eingeschlafen ist. Da es mir einigermaßen gut geht, ich die Chemotherapie für diese Woche schon hinter mir habe und auch sonst erstmal keine Untersuchungen anstehen, beschließe ich, einen kleinen Spaziergang zu machen. Schwerfällig stehe ich auf und laufe langsam zur Tür, doch bevor ich hinausgehen kann, wird sie auch schon geöffnet und Ethan steht vor mir. Plötzlich wird mir bewusst, wie gut er aussieht, und ich frage mich wieder einmal, wieso ich bis jetzt nie bemerkt habe, wie nett er sein kann. Ich habe in ihm immer nur den Typen gesehen, auf den Cara steht und der zu allen immer furchtbar fies ist. Doch jetzt plötzlich kann ich Cara verstehen. „Du siehst wunderschön aus", flüstert Ethan, der die schlafende Marina gesehen hat, möglichst leise und sofort werde ich rot. Einen Moment lang bleiben wir in der Tür stehen und sehen uns einfach nur an. Dann räuspert er sich. „Äh, hättest du vielleicht Lust auf einen kleinen Spaziergang?" Ich nicke und gehe noch schnell zurück zu meinem Bett, um die Liste zu holen, bevor wir das Zimmer verlassen.

Ethan liest sich meine Wünsche durch, als wir draußen unter einem Baum auf einer Bank sitzen. Ich beobachte sein Gesicht und plötzlich kommen mir meine Wünsche lächerlich vor und ich frage mich, was Ethan jetzt wohl von mir denkt. Doch dann lächelt er und all meine Sorgen sind wie auf einen Schlag weggewischt. „Deine Liste gefällt mir." Wie selbstverständlich nimmt er meine Hand und drückt sie. „Ich werde versuchen, alles, was du noch machen möchtest, möglich zu machen." Verblüfft schaue ich ihn an. „Wieso tust du das alles für mich?" Ethan lächelt, aber seine Augen sehen traurig aus. „Ich hätte immer gerne jemanden gehabt, der für mich da ist. Jetzt kann ich so jemand für dich sein." Das ist jetzt schon das zweite Mal, dass er so etwas in der Art sagt und dieses Mal kann ich einfach nicht anders. „Was ist passiert? Wieso war nie jemand für dich da?", hake ich nach. Ethan lässt meine Hand los und starrt geradeaus. „Ich…Ich habe es noch nie jemandem erzählt. Es ist nichts, was die Leute gerne hören." „Aber ich bin doch nicht nur irgendjemand", beharre ich, denn ich habe das Gefühl, dass Ethan eigentlich darüber reden möchte. Ethan schaut mich verwundert an. „Mein Vater ist im Gefängnis und meine Mutter ist Alkoholikerin", platzt er dann plötzlich heraus, „Ich habe so eine große Angst, dass ich so werde wie er. Er hat meine Mama und mich geschlagen und war ein Drogendealer." Die letzten Worte flüstert er. Vorsichtig nehme ich ihn in den

Arm. Es tut unheimlich gut, ihn so nah bei mir zu haben. „Du bist kein bisschen wie dein Vater. Du würdest niemals den Menschen, die du liebst, weh-tun." Ethan ballt seine Fäuste zusammen und springt plötzlich auf. „Ich habe das alles so satt!", brüllt er und seine Stimme schallt laut über das Ge-lände des Krankenhauses. Komischerweise er-schrecke ich mich nicht. Stattdessen stehe auch ich auf und fange, wie er, an zu schreien. Es tut gut, alles hinauszulassen. Schließlich stehen Ethan und ich umschlungen in der Kälte und verfluchen es, dass das Leben so unfair zu uns ist.

Cara

Mancher flieht die Menschen und merkt nicht, dass er vor sich selbst fliehen möchte.

Peter Sirius

Als ich das Gelände des Krankenhauses betrete, sehe ich als erstes einen Baum, an dem ein Kreuz aus Holz hängt. Ich denke an Gott und frage mich, wieso er das Leiden an diesem Ort zulässt. Wieso lässt er einige der Menschen hier so jung sterben? Dies ist einer der Momente, in denen ich an meinem Glauben zweifele.

Mit zitternden Beinen betrete ich das Krankenhaus und sofort schlägt mir der Geruch von Desinfektionsmittel entgegen, den ich so sehr hasse. Er versetzt mich zurück in eine Zeit, die lange vergangen ist und an die ich mich kaum noch erinnere. Ich war erst vier, als mein kleiner Bruder hier als Baby gestorben ist. „Ich suche das Zimmer von Delia Morgan", wende ich mich an die Empfangsdame. „Sie liegt in Zimmer 325", antwortet sie mir, nachdem sie eine Weile auf den Bildschirm ihres Computers gestarrt hat. „Aber gerade ist sie mit ihrem Freund draußen. Vielleicht gehst du besser dorthin", fügt sie lächelnd hinzu. Ich erstarre. Welcher Freund? Hätte Delia es mir denn nicht erzählt, wenn sie sich verliebt hätte? Früher hätte sie das sofort. Sie hätte mich angerufen, auch mitten in der Nacht. Doch seit einiger Zeit erzählt sie mir kaum noch etwas. Dinge über sie erfahre ich in letzter Zeit von Rebecca. Auch schon bevor sie ins Krankenhaus gekommen ist, hat sich unsere Freundschaft verändert. Ich frage mich, wieso. Wieso ändern sich Menschen plötzlich? Habe ich mich verändert oder Delia? Ich spüre, wie die Tränen in meine Augen schießen, als ich das nach Krankheiten riechende Gebäude wieder verlasse. Ich zögere kurz, bevor ich den kleinen Park betrete, der zum Krankenhaus gehört. Ich meine, Delias Umrisse weit entfernt auf einer kleinen Bank, die unter einem Baum steht, zu erkennen. Ohne ihre wunderschönen Haare sieht sie so anders aus. Ich fange an zu schluchzen. Jetzt habe ich den Beweis. Jetzt ist es offensichtlich, dass Delia Krebs hat. Mir wird schmerzlich bewusst, dass ich sie nie wieder lächeln sehen werde, wenn die Krankheit sie vollständig ausgelöscht hat. Ich kann nur darauf hoffen, dass es nach dem Tod mehr gibt. Einen Platz, an dem sie glücklich werden kann. Doch ich weiß auch, dass Delia nicht an Gott und einen Himmel glaubt. Wird sie trotzdem dorthin kommen?

Plötzlich sehe ich, wie eine weitere Person von der Bank aufspringt und anfängt zu schreien. Delia tut es der Person gleich. Ich erstarre, als die beiden sich schließlich aneinander festhalten und gegenseitig stützen. Es ist Ethan.

Ich mache abrupt kehrt und schaue nicht wieder zurück. Ich möchte am liebsten die Zeit zurückdrehen und das Gesehene wieder vergessen. Doch jetzt kann ich es nicht mehr rückgängig machen. Ich weiß jetzt, dass Delia mich anscheinend nicht mehr braucht und dass sie mir Ethan weggenommen hat. Ich bin in ihn verliebt und sie hat ihn immer gehasst. Die Eifersucht ist nicht auszuhalten, denn ich bin eifersüchtig auf Ethan und auf Delia, denn ich würde sowohl gerne bei Delia sein und von ihr geliebt werden, als auch bei Ethan, um von ihm geliebt zu werden.

Als es anfängt zu regnen, bin ich immer noch unterwegs. Erst spät am Abend komme ich schließlich klitschnass zu Hause an. Ich bin die zehn Kilometer zu Fuß gelaufen.

Delia

Im Leben geht es nicht darum zu warten, bis das Unwetter vorbeizieht, sondern zu lernen im Regen zu tanzen.

Unbekannt

Als es beginnt zu regnen, fangen Ethan und ich an zu lachen und strecken unsere Zungen hinaus, um die Tropfen zu schmecken. Es riecht nach Sommerregen, obwohl es erst April ist. „Den dritten Punkt auf deiner Liste können wir schon heute erfüllen." Ethan sieht mir in die Augen und hält mir dann seine Hand hin, um mich zum Tanzen aufzufordern. Wir Tanzen einen Kauderwelsch aus Walzer und Disco Fox und unser Lachen ist die perfekte Musik. Als ich in der Ferne sehe, wie sich ein Fenster öffnet und ein kleines Mädchen hinausschaut, rufe ich: „Marina, komm runter, es ist wunderschön hier!" Wenige Sekunden später wirbelt Marina mit uns im Kreis herum und ihre Augen strahlen all das Glück aus, das auch ich in diesem Moment empfinde. Ohne dass die anderen beiden es bemerken, schieße ich ein Foto von uns dreien. Es wird mich hoffentlich immer an diesen glücklichen Moment erinnern, wenn ich es brauche.

Irgendwann werden wir von einer Krankenschwester hineingeholt, die uns vorwurfsvoll anschaut und eine Predigt über Erkältungen und Lungenentzündungen hält. Marina, Ethan und ich können jedoch nicht mehr aufhören zu lachen, sodass die Schwester es irgendwann aufgibt und sich selbst ein Lächeln nicht verkneifen kann.

Ich helfe Marina dabei zu duschen und stelle mich dann selbst unter das heiße Wasser. Wir bieten auch Ethan an, unser Badezimmer zu nutzen, er gibt sich aber mit einer großen Wolldecke zufrieden. Wir unterhalten uns noch lange, doch um acht Uhr wird Ethan rausgeschmissen. Er verspricht, morgen wiederzukommen, damit wir einen weiteren Punkt auf meiner Liste erfüllen können, doch obwohl ich bettele, will er mir nicht erzählen welchen.

„Dein Freund ist wunderbar", gähnt Marina, als wir in unsere Decken gekuschelt Erdbeeren essen (Erdbeeren sind Marinas Lieblingsfrüchte und sie bekommt sie als Nachtisch zu jeder Mahlzeit). „Er ist nicht mein Freund", widerspreche ich sofort, aber ich muss lächeln. Marina sieht mich mit hochgezogenen Augenbrauen an und wir beide prusten los.

Gegen neun Uhr klopft es an der Tür. Verwundert blicke ich auf und sehe einen großen, müde aussehenden Mann mit braunen kurzen Haaren vor mir stehen. „Papa!", ruft Marina glücklich und umarmt den Mann fest. Mir stellt er sich händeschüttelnd als Mike vor. Er ist sehr nett, doch ich merke, wie erschöpft er ist. Mir fällt wieder ein, dass Marina mir erzählt hat, dass ihre Mutter tot ist. Jetzt wird er auch noch seine Tochter verlieren. „Wie geht es meiner Großen denn heute?" Marinas Papa wischt ihr lächelnd die roten Reste der Erdbeeren vom Mund. „Ich habe mit Delia und ihrem Freund im Regen getanzt!", erzählt sie freudestrahlend. In Mikes Augen sehe ich Stolz und ich bewundere ihn sofort für seine Stärke. Bald wird er alle wichtigsten Menschen in seinem Leben verloren haben, doch trotzdem kann er seine kleine Tochter noch glücklich machen. „Außerdem habe ich Erdbeeren gegessen. Mehr wünsche ich mir nicht." Marina umarmt ihren Vater wieder und ich sehe, wie Mike eine Träne aus den Augen läuft.

Als Marina nach einiger Zeit in den Armen ihres Vaters eingeschlafen ist, wendet sich Mike an mich. „Danke, dass du auf sie aufpasst und sie so glücklich machst." Ich schüttele den Kopf. „Es ist eher andersherum. Sie macht mich glücklich. Sie haben eine wunderbare Tochter." Mike lächelt traurig. „Wir haben vor etwa fünf Monaten erfahren, dass man nichts mehr tun kann. Sie hat mir gesagt, dass sie noch einmal den Frühling erleben will, um die ersten Erdbeeren zu essen. Ich wünschte, ich könnte öfter bei ihr sein, aber wir haben nicht viel

Geld. Ich muss arbeiten, um den Lebensunterhalt bezahlen zu können." Ich nicke. „Ich werde bei ihr sein. Sie brauchen sich keine Sorgen zu machen." Mike nickt dankend, umarmt mich, blickt noch ein letztes Mal auf seine kranke Tochter hinunter und verschwindet dann aus der Tür.

„Ethan, vergiss das, was du vorhattest", spreche ich am nächsten Morgen hektisch in mein Telefon, als Marina gerade im Badezimmer ist, „Heute müssen wir einen Wunsch von Marina erfüllen. Sie muss noch einmal Erdbeeren auf einem Feld gepflückt haben." „In Ordnung." Ethans Stimme klingt noch ganz verschlafen, „Ich werde sofort nach der Schule kommen und dann fahren wir gemeinsam zu einem Erdbeerfeld." „Danke. Du bist der Beste. Bis später."

Es braucht einige Überzeugungskraft die Ärzte zu überreden, dass diese kleine Expedition nur das Beste für Marina und mich wäre. Doch schließlich stimmen alle zu. Marina ist ganz aufgeregt, als ich ihr sage, dass sie sich Straßenkleidung statt einer Jogginghose anziehen soll und als wir uns um zwei Uhr auf den Weg nach unten machen, um Ethan dort zu treffen, springt sie voller Freude von einem Fuß auf den anderen.

Als wir aus dem Bus aussteigen, muss ich mich erst einmal hinsetzen. Die Busfahrt und das lange Stehen haben mich erschöpft. Besorgt streicht Ethan mir über die Schulter. „Es geht schon", flüstere ich, als der Schmerz, den ich gerade noch in meinem Bauch und im Rücken empfunden habe, langsam wieder verschwindet. Ich versuche zu lächeln, doch es wird eher eine Grimasse. Den Weg bis zum Erdbeerfeld stützt Ethan mich. Marina jedoch ist voller Adrenalin und kreischt vor Freude, als sie herausfindet, was wir vorhaben. Den ganzen Nachmittag lang bleiben wir auf dem großen Feld in der Sonne, kosten von den Erdbeeren und pflücken ganze Körbe voll, um auch später noch welche zu haben. Dann pflücken wir auf einer großen Wiese Gänseblümchen, meine Lieblingsblumen, und machen daraus Ketten und Armbänder für Marina, die sie den Rest des Tages stolz trägt. Es ist einer dieser wunderbaren Tage, von denen man sich wünscht, dass sie nie zu Ende gehen.

Als wir schließlich im Bus sitzen, der zurück zum Krankenhaus fährt, sind Marina und ich unglaublich erschöpft, aber auch genauso glücklich.

„Danke für diesen wunderschönen Tag, Delia. Es war einer der schönsten in meinem Leben", bedankt sich Marina, als ihr Vater, der jeden Abend kommt, gegangen ist und ich schon fast eingeschlafen bin. Ich falle lächelnd in einen unruhigen Schlaf.

Mitten in der Nacht höre ich plötzlich ein Keuchen neben mir. Sofort bin ich hellwach und stehe neben Marinas Bett. Ich nehme ihre Hand, streiche ihr die Schweißtropfen von der Stirn und rufe panisch nach einer Schwester. Sie ruft Marinas Vater an, der sich sofort auf den Weg macht und gibt Marina über ihre Infusion ein Schmerzmittel. Doch es hilft nicht. Der gequälte Ausdruck auf ihrem Gesicht verschwindet nicht. Ich rede auf sie ein, sage ihr, dass ich da bin und schließlich nehme ich sie ganz auf meinen Schoß. Tränen laufen mir über das Gesicht. Als Mike da ist, nimmt er Marina in seinen Arm und wir weinen gemeinsam um sie, bis ihre Gesichtszüge schließlich erschlaffen. Sie sieht so friedlich und glücklich aus, wie ich es mir immer gewünscht habe sie zu sehen. Sie kommt mir vor wie ein Engel, der jetzt in sein Reich zurückgekehrt ist. Ich schluchze und doch bin ich froh, dass Marina jetzt keine Schmerzen mehr ertragen muss. Ein Spruch, den ich einmal gelesen habe, kommt mir in den Sinn: *Für die, welche an keine Unsterblichkeit glauben, gibt es auch keine.* Doch Marina hat an die Unsterblichkeit und ein Leben im Himmel geglaubt. Bei ihrer Mama. Also wird sie jetzt auch dort sein. Denn wie Ethan es mir gesagt hat, sind die Dinge, an die jemand glaubt, für denjenigen die Wahren und Wirklichen.

Die Beerdigung ist eine Woche später. Meine Mama wollte nicht, dass Emma, Tabea und Linus dabei sind, hat mir aber angeboten, einen Babysitter zu suchen und zu kommen. Ich habe ihr gesagt, dass das nicht nötig ist. Ethan ist da. Er nimmt meine Hand, als wir in die Kirche laufen und er nimmt mich in den Arm, als ich während des Gottesdienstes anfange zu weinen. Es ist ein schöner Gottesdienst. Marina hätte ihn gemocht, doch trotzdem sagt er mir nichts. Ich glaube nicht an Gott.

Als wir auf dem Friedhof sind und der Sarg in die Erde gelassen wird, lasse ich statt einer Rose einige Erdbeeren und eine der Gänseblümchenketten fallen, die ich vorher zwischen zwei dicken Büchern getrocknet habe. Ich hoffe, dass sie Marina erreichen werden, damit sie, egal wo sie ist, Erdbeeren essen kann und sich immer an den wunderschönen Tag auf dem Erdbeerfeld erinnert.

Als ich Mike, Marinas Vater, sehe, laufe ich zu ihm. Er hat rote Augen und schwarze Ringe darunter. Ich gebe ihm ein Foto von Marina, wie sie auf dem Erdbeerfeld lächelnd, mit rot verschmiertem Mund eine Erdbeere isst. „Sie war glücklich als sie gestorben ist und sie hatte keine Angst, denn sie hat fest daran geglaubt, dass ihr euch im Himmel wieder-treffen werdet." Mike nickt dankend und läuft dann alleine vom Friedhof weg. Ich wünsche ihm, dass er wieder glücklich wird, wie Marina es auch ge-wollt hätte.

Einige Tage später werde ich aus dem Krankenhaus entlassen. Die Ärzte haben sich vergewissert, dass ich gegen Gemcitabin, das Medikament der Che-motherapie, nicht allergisch bin. Ich musste mich in der Nacht nach der Chemotherapie jedes Mal übergeben und fühle mich jetzt fast immer schlapp, doch ich kann laufen und mit Schmerzmitteln schlafe ich nachts durch. Einmal die Woche soll ich zur ambulanten Behandlung wiederkommen und sobald es mir schlechter geht, ich stärkere Schmer-zen habe oder irgendetwas anderes Ungewöhnli-ches bemerke, soll ich sofort den Notarzt rufen o-der irgendwie anders schnell in das Krankenhaus kommen.

Es ist seltsam und schön zugleich, wieder nach Hause zu kommen. Tabea und Emma haben ein riesiges Willkommensschild gemalt und umarmen mich stürmisch. Mama hat mein Zimmer so umge-stellt, dass ich alles, was ich nachts brauche, direkt in meiner Nähe habe. Außerdem hat sie das alte Ba-byphone von Linus hervorgekramt, damit sie es hört, sobald es mir nachts nicht gut geht. Trotz all dieser Dinge fühlt es sich für einen Moment fast so an wie früher, als ich mich auf mein dunkelblaues Sofa setze und aus dem großen Fenster hinaus auf den Wald schaue, der direkt vor unserem Haus liegt. Ich nehme mir eines meiner Lieblingsbücher aus meinem großen Bücherregal, doch lange kann ich mich nicht konzentrieren, denn ich werde immer wieder von den vielen Fotos, die an meiner Wand hängen, abgelenkt. Die meisten zeigen mich zusammen mit Cara, als wir uns noch jeden Tag gesehen haben und alles miteinander geteilt haben. Ich beschließe, einige neue Fotos dazu zu hängen, um auch den neuen Teil meines Lebens wie meine eigene kleine Geschichte an der Wand hängen zu haben. Als Fotos von Ethan, Marina und auch einige von Rebecca, Tabea, Emma, Linus und Mama, befestigt sind, alle aus meiner Zeit im Krankenhaus, fühle ich mich sofort viel besser.

Cara

*Man kann den Menschen nicht auf Dauer helfen, wenn man
für sie tut, was sie selbst tun sollten.*

Abraham Lincoln

Als ich das Gelände der Schule betrete, sehe ich zuerst Ethan und sofort durchfährt mich ein Stich. Er
starrt mich wie immer in letzter Zeit wütend an. Ich
stocke, als ich Delia neben ihm sehe. Sie halten sich
an den Händen und es sieht aus, als würde Ethan
Delia stützen. Sie sieht nicht gut aus. Ihr Gesicht ist
blass und sie ist sogar noch dünner geworden. Auf
dem Kopf trägt sie eine schwarze Mütze mit bunten Buchstaben, die ihre Glatze verdeckt. Doch
trotzdem sieht sie fröhlich aus. Sie lächelt Ethan
überglücklich an. Dann sehe ich auch Rebecca, die
Delia fröhlich begrüßt und dann gemeinsam mit ihr
in die Klasse geht.

Ich würde gerne zu ihnen gehen und fragen, wie es
Delia geht und ob sie von jetzt an wieder regelmä-
ßig in die Schule kommt, aber ich kann nicht einfach zu ihnen gehen. Meine Beine sind wie festge-
nagelt.

„Hey", ist das einzige Wort, das ich von Delia höre,
als sie sich wie gewohnt auf den Platz neben mir

setzt. Doch dann wendet sie sich ab, um mit Rebecca zu reden, ohne mir auch nur einmal in die Augen zu schauen. Es ist, als wären wir nie befreundet gewesen. Ich tue es ihr gleich und wende mich ab, um mit Eva zu sprechen, doch mit einem Ohr höre ich dem Gespräch zwischen Delia und Rebecca zu. „Ich vermisse sie nur so", sagt Delia gerade mit schmerzvoller Stimme. „Ich weiß", antwortet Rebecca und nimmt sie tröstend in den Arm. „Wie ist es, wieder zu Hause zu sein?", versucht sie dann Delia abzulenken. „Super", lächelt Delia, „Ethan kommt mich auch zu Hause jeden Tag besuchen." Bei diesen Worten habe ich plötzlich einen dicken Kloß in meinem Hals und versuche mühsam, die Tränen zurückzuhalten. „Er versucht wirklich alles, was ich auf die Liste geschrieben habe, möglich zu machen. Eigentlich dürfte ich gar nicht hier sein", erzählt Delia weiter und ich frage mich, von was für einer Liste sie redet.

Das Gespräch der beiden wird unterbrochen, als ein Lehrer mit schwarzen gegelten Haaren in die Klasse kommt. Ich habe ihn noch nie gesehen und vermute, dass er ein Vertretungslehrer ist. „Ich bin Herr Stiehl und werde von nun an für einige Zeit Mathe bei euch unterrichten", stellt der neue Lehrer sich vor und bestätigt meine Vermutung. Ich kann ihn und seine schnöselige Stimme sofort nicht leiden und stöhne. „Wollen sie etwas dazu beitragen…Cara?", fragt er mit gerunzelter Stirn, nachdem er auf einen Sitzplan geschaut hat, um herauszufinden, wie ich heiße. „Nein danke", gebe ich zurück und schaue Herrn Stiehl herausfordernd an, doch er hat sich schon abgewendet. „Und Sie…Delia, würden Sie bitte Ihre Mütze abziehen, ich glaube, hier drinnen ist es warm genug", fährt Herr Stiehl fort. Alle Köpfe wenden sich sofort zu Delia. Ich stehe sofort auf, um Herrn Stiehl zu widersprechen, doch Delia drückt mich an den Schultern zurück auf meinen Platz und schaut mich zum ersten Mal seit Langem direkt an. Ich sehe Dankbarkeit in ihren Augen, doch gleichzeitig merke ich, dass sie sich sehr verändert hat. Ihr ganzes Gesicht strahlt Stärke aus. Früher hätte sie sich schüchtern hinter mir versteckt und mich die Sache regeln lassen, doch jetzt kämpft sie für sich alleine. Mir wird bewusst, dass sie mich nicht mehr braucht. Jetzt kommt sie alleine klar. Genauso herausfordernd wie ich starrt sie Herrn Stiehl an und nimmt dann ihre Mütze ab. Ich würde meinen Mitschülern am liebsten zuschreien, dass sie aufhören sollen zu starren, doch ich kann mich nicht rühren. Ich sehe den erschrockenen Ausdruck auf Herrn Stiehls Gesicht und muss mir plötzlich ein Lachen verkneifen. „Es tut mir leid. Ich wusste nicht…Sie können ihre Mütze natürlich weitertragen", stammelt Herr

Stiehl. „Nein, ich denke, dass ich in Ihrem Unterricht lieber gar nichts mehr tun würde." Delia nimmt ihre Sachen, rauscht mit schnellen Schritten aus dem Raum und lässt uns alle mit vor Staunen offen stehenden Mündern zurück.

Delia

Schon als ich die Tür noch nicht erreicht habe, laufen mir die Tränen über das Gesicht. Noch nie habe ich mich so gedemütigt gefühlt wie gerade, als mich alle angestarrt haben. Mir wird bewusst, dass dieser Wunsch auf meiner Liste nicht erfüllbar ist. Nichts ist mehr so wie vorher. Ich kann keinen normalen Schultag mehr erleben, denn nichts ist mehr so, wie in meinem alten, „normalen" Leben.

Erschöpft setze ich mich auf eine Treppenstufe und schaue mich ein letztes Mal an diesem Ort um. Ich streiche mit meinen Fingern über die Wände des Gebäudes, in dem ich viele Jahre lang gelernt habe und in dem ich so viele gute Erfahrungen gemacht habe. Dann stehe ich auf und laufe langsam nach Hause, ohne mich noch einmal umzublicken.

„Okay, ich glaube, es ist an der Zeit, etwas zu unternehmen!", begrüßt Ethan mich. „Du spinnst!", rufe ich lachend, denn Ethan steht mit einem riesigen Motorrad unter meinem Fenster, trägt eine Lederjacke, Lederstiefel und eine Sonnenbrille und hat seine Haare hochgekämmt. „Vielleicht", erwidert Ethan lachend und sieht dabei so wunderschön aus, dass ich all meine Sorgen auf einen Schlag vergesse. Glücklich laufe ich zur Haustür, nicht ohne Mama vorher noch einen Zettel auf den Küchentisch zu legen. „Bereit?", Ethan hält mir einen Motorradhelm hin. „Ich war noch nie so bereit wie in diesem Moment", ist meine Antwort.

Das Motorradfahren ist wie Fliegen und Schokolade essen in einem. Ich klammere mich an Ethan fest, während mir der Wind ins Gesicht peitscht und mir so viel Luft in den Mund gepresst wird, dass ich fast nicht mehr atmen kann. Ich habe endlich das Gefühl, genug von allem zu haben. Genug Luft, genug Freiheit, genug Leben.

Auch nachdem ich schon lange wieder festen Boden unter den Füßen habe, klopft mein Herz noch wie wild. Deswegen merke ich erst nach einiger Zeit, dass Ethan mich an seiner Hand in den Wald auf eine kleine Lichtung führt. Wir setzen uns auf unsere Jacken unter einen Baum mit weißen Blüten und fangen an von Ethans mitgebrachten Sandwiches zu futtern.

Als die Sonne langsam untergeht, liegen wir mit vollgeschlagenen Bäuchen nebeneinander auf dem

Waldboden. „Weißt du, es ist so seltsam", fange ich irgendwann an zu reden, „ich kenne dich erst seit vier Wochen richtig und weiß fast nichts über dich und trotzdem bist du mir so nahe." Ethan lächelt. „Was willst du denn über mich wissen?" „Ich weiß nicht." Ich überlege kurz. „Welche Musik hörst du gerne, was ist dein Lieblingsfilm, dein Lieblingsbuch? Hast du Geschwister und was willst du mal werden?", rattere ich dann los. „Ich habe keine Geschwister. Mein Lieblingsfilm ist wahrscheinlich „Men in Black" und mein Lieblingsbuch ist „Fahrenheit 451". Meine Lieblingsband heißt „Bring Me The Horizon" und ich weiß noch nicht, was ich später machen möchte." Ethan schaut mich skeptisch an, „Aber gibt dir das jetzt das Gefühl, mich besser zu kennen?" Ich denke kurz über seine Frage nach und schüttele dann den Kopf. „Ich glaube, dass man einen Menschen nie wirklich vollständig kennen kann. Wenn man meint, alles über jemanden zu wissen, dann wird man plötzlich wieder von einer Tat überrascht. Ich glaube, die Menschen kennen sich nicht einmal selbst wirklich." Ethan schüttelt verlegen den Kopf, als hätte er mir zu viel von einem seiner kleinen Geheimnisse verraten, aber dann redet er doch noch weiter: „Ich glaube, dass man jemanden erst durch seine Taten teilweise kennenlernen kann. Jeder Mensch, der mich handeln sieht, der lernt ein kleines Stückchen von mir kennen. Und erst, wenn ich alt und kurz vorm Sterben bin, weiß ich durch all meine Entscheidungen, die ich im Leben getroffen habe, und meine Handlungen, wer ich wirklich bin. Doch dann ist es zu spät, denn dann kann man nichts mehr ändern. Man hat keine zweite Chance und kann sein Leben nicht noch einmal leben, auch wenn man Einiges, was man getan oder nicht getan hat, bereut. Deshalb sollte jede Entscheidung, die man trifft, gut überdacht sein. Und die Person, die bis zu dem Zeitpunkt, an dem ich sterbe, am meisten Zeit mit mir verbracht hat, die meisten meiner Handlungen miterlebt hat, ist die, die mich am besten kennt." „Also glaubst du, dass ich dich nie kennenlernen kann? Schließlich werde ich nicht mehr sehr viel Zeit mit dir verbringen können." Ich kann den wütenden Ton meiner Stimme nicht zurückhalten. Ethan sieht mich ernst an. „Nein", sagt er dann, „Bei dir ist es anders. Als ich dich das erste Mal wirklich wahrgenommen habe, vor dem Krankenhaus, als du mich geschlagen hast, da hatte ich das Gefühl, dass du jemand bist, der mich von Anfang an kennt. In und auswendig. Jemand, der all meine Taten voraussehen kann, ohne auch nur einmal mit mir gesprochen zu haben. Ich glaube, dass der Sinn des Lebens darin besteht, diese eine Person zu finden. Die einen kennt, ohne einen kennengelernt zu haben."

Ich denke noch lange an diesen Tag unter den Bäumen zurück und jedes Mal, auch in den noch so schlimmen Momenten, fange ich dabei an, strahlend zu lächeln.

Die erste Woche, die ich wieder zu Hause bin, verfliegt schnell. Ethan kommt mich nicht mehr jeden Tag besuchen, denn er hat viel für die Schule zu tun, aber er schafft es jeden zweiten und an den anderen Tagen kommt Rebecca vorbei. Ich beschäftige mich auch viel mit Emma, Tabea und Linus, gehe mit ihnen in den Zoo, auf den Spielplatz und mache einen Waldspaziergang, soweit es mein geschwächter Körper zulässt. Jedes Mal, wenn ich sie beim Spielen beobachte, bedanke ich mich im Stillen dafür, dass ich sie habe und sie so glücklich sein können. Am Mittwoch fährt Mama mich ins Krankenhaus, damit ich dort zur Chemotherapie gehen kann, und die ganze Zeit über erzählt sie mir Geschichten aus ihrer Kindheit, wie sie es früher immer getan hat. Auch jeden Abend, wenn sie von der Arbeit kommt, sitzen wir zusammen und schauen Filme, erzählen uns von unserem Tag oder sie versucht, mir das Klavierspielen beizubringen.

Die Nacht nach der Chemotherapie ist eine der schlimmsten Nächte seit langem. Ich übergebe mich dreimal und mache kein Auge zu. Mama sitzt die ganze Zeit über bei mir, um meine Hand zu halten, doch die Schmerzen verschwinden davon leider nicht.

Aber am nächsten Tag zwinge ich mich dazu, aufzustehen und weiterzumachen, wie ich es Marina versprochen habe.

Denn ich habe Marina natürlich nicht vergessen. Etwa einmal die Woche gehen Ethan und ich zum Friedhof und legen frische Erdbeeren auf Marinas Grab und hoffen, dass diese sie dort, wo sie jetzt ist, erreichen werden.

Am Samstag steht Ethan vor der Haustür und schon an seinem Grinsen sehe ich, dass er etwas Besonderes vorhat. „Pack deine Sachen, wir verreisen", eröffnet er mir und hilft mir dann meinen großen Rucksack mit Klamotten und meinem Kulturbeutel vollzustopfen. „Wo geht es denn hin?", frage ich fröhlich, als wir auf der Straße vor dem Haus stehen und ich mich von Mama verabschiedet habe. „Erst einmal zum Bahnhof und dann… weiß ich auch nicht wohin. Ich denke, wir steigen einfach in einen Zug ein." Er hält zwei Fahrkarten hoch, die uns, wie ich weiß, ermöglichen für ein Wochenende in ganz Deutschland Zug zu fahren. Ich falle ihm jubelnd in die Arme und hüpfe den Rest des Weges bis zur Bushaltestelle vor Freude.

„Du bist verrückt", sagt Ethan immer wieder kopfschüttelnd. Nach einigen Minuten bin ich jedoch so erschöpft, dass ich mich an Ethan festklammern muss. „Geht es?", fragt er sofort besorgt. Ich nicke und verziehe für einen Moment den Mund, weil ich Schmerzen habe. Dann nehme ich eine der Tabletten, die die Ärzte mir für unterwegs mitgegeben haben. „Es geht." Ethan schaut skeptisch, doch in diesem Moment kommt der Bus und wir müssen einsteigen. „Ich würde sagen, wir starten unsere Tour in Köln am Bahnhof." Ethan hält mir seine Kopfhörer hin. „Sollen wir Musik hören?" Ich nicke, lehne mich an Ethans Schulter, schließe die Augen und lausche der Musik von der Band „Bring Me The Horizon", bis wir in Köln angekommen sind.

„Und jetzt?", will Ethan wissen, als wir mit einer großen Tüte Pommes in der Hand vor dem riesigen Bahnhof stehen. „Jetzt steigen wir irgendwo ein, komm." Ich nehme seine Hand und biege rechts ab, um dort eine Treppe hinauf zu gehen. „Du darfst nicht auf die Anzeigetafeln schauen, damit wir nicht wissen, wo es hingeht", weise ich Ethan an und gemeinsam steigen wir in einen Zug ein, der kurz davor ist, loszufahren. „Und jetzt?", wiederholt Ethan seine Frage von vorhin. „Jetzt genießen wir die Zugfahrt." Ich schaue mich im Zug um und beobachte die Menschen, während ich wieder einmal über Ethans früheres Ich und das jetzige nachdenke. „Wieso schlägst du eigentlich zu sobald du sauer wirst?", platze ich heraus und würde mir in der nächsten Sekunde am liebsten die Zunge abbeißen. Ich bin ja schön doof, dem Jungen, der alles für mich tut, so eine Frage zu stellen. Ich sehe, wie meine Worte ihn verletzen, doch er lässt meine Hand, die er, seit ich sie genommen habe, festgehalten hat, nicht los. „Weißt du, ich schlage diese Personen nie so, dass es wirklich wehtut. Und außerdem haben die meisten es verdient." Ich antworte nichts, denn mit so einer Antwort habe ich nicht gerechnet. Sonst hat Ethan vernünftige, tiefsinnige Erklärungen parat. „Das glaube ich dir nicht", sage ich aus einem Instinkt hinaus und in Ethans Gesicht sehe ich sofort, dass ich recht habe. Ich weiß, dass Ethan eine schwierige Kindheit hinter sich haben muss, aber das ist noch lange keine Entschuldigung. „Weißt du, manchmal spüre ich diese Wut in mir. Es ist gewaltig." Ethan schluckt. „Ich habe Angst davor. Ich habe Angst, dass ich meinen Vater umbringen werde, wenn ich ihn das nächste Mal im Gefängnis besuche oder dass ich meiner Mutter etwas antun werde, was ich mir nie verzeihen würde. Und deshalb lasse ich meine Wut in der Schule heraus. Meistens an Menschen, die selber andere mobben und verspotten, nur weil sie anders sind. Es hilft." „Das kann ich verstehen. Aber trotzdem ist es nicht richtig." „Ich weiß. Ich habe damit aufgehört, seit ich dich kenne. Irgendwie ist meine Wut verschwunden. Vielleicht liegt es daran, dass ich jetzt dich kenne und weiß, dass du noch wütender auf die Welt sein könntest, es aber nicht bist." Verblüfft starre ich Ethan an, bis er vorschlägt, beim nächsten Halt auszusteigen. Ich habe keinen Plan, wo wir sind, und weiß noch nicht einmal, in welche Richtung wir unterwegs sind. Aber es tut gut, nicht wissen zu müssen, was im nächsten Augenblick passieren wird. Wir lassen uns von der Menschenmasse treiben, bis wir in einem anderen Zug landen und wieder und wieder steigen wir aus einem Zug aus und in einen anderen ein.

Wir landen an dem S-Bahnhof in einer kleinen Stadt namens Stade, die laut Ethan nur etwa 50 km von Hamburg entfernt ist. Wir beschließen, uns ein kleines Hotel zu suchen und am nächsten Tag einen Trip nach Hamburg zu machen.

Es ist schon dunkel, deshalb erkenne ich den Mann, der uns entgegenkommt erst, als er sich nur noch einige Meter vor uns befindet. Geschockt bleibe ich wie angewurzelt stehen, obwohl ich eigentlich lieber wegrennen würde. „Delia", sagt der Mann mit den blonden Locken und klaren blauen

Augen und seine Stimme klingt genauso erschrocken, wie ich mich fühle. Ich will loslaufen, um weg von meinem Vater zu kommen, der dort steht und noch genauso aussieht, wie an dem Abend, als er uns verlassen hat, ohne sich richtig von uns zu verabschieden. Aber meine Beine gehorchen mir nicht. Sie fühlen sich an wie Gummi. „Ethan. Bitte bring mich hier weg", flüstere ich ihm mit flehender Stimme zu. „Vielleicht…", will er anfangen, doch ich unterbreche ihn: „Bitte." Ethan nimmt mich in den Arm und stützt mich, während wir langsam auf das Hotel zulaufen und mein Vater verdutzt hinter uns herruft. Doch seine Worte verlieren sich im Wind.

Ethan und ich checken im Hotel ein und sind wenig später in einem kleinen Zimmer mit Doppelbett. „Tut mir leid. Alles andere war besetzt", entschuldigt sich Ethan. Doch in diesem Moment ist das etwas, was mich nur wenig stört. Ich lasse mich erschöpft in das Bett fallen und schließe meine Augen. Am liebsten würde ich die Begegnung mit meinem Vater aus meinem Kopf löschen, um diesen sonst so perfekten Tag in guter Erinnerung zu behalten. „Willst du darüber reden?", höre ich Ethans zögernde Stimme. „Ja", sage ich, während ich den Kopf schüttele. Ethan kann ein Lachen nicht unterdrücken und auch ich muss kurz lächeln. „Der Mann von vorhin ist mein Vater", platzt es dann aus mir heraus, „Er hat uns kurz nach der Geburt von Linus verlassen, weil er sich in eine andere Frau verliebt hat. Seitdem habe ich nichts mehr von ihm gehört. Ich hatte keine Ahnung, dass er hier wohnt." „Weißt du, was ich gemerkt habe, als ich meinen Vater das erste Mal im Gefängnis besucht habe?" Ich öffne meine Augen, um Ethan ins Gesicht schauen zu können. Er sieht besorgt aus. „Ich habe gemerkt, dass ich ihn immer noch liebe und ihn immer lieben werde, obwohl er so viele schlimme Dinge getan hat." Ich nicke zum Zeichen, dass ich verstanden habe, was er mir sagen möchte. Er will, dass ich meinem Vater verzeihe. „Ich weiß nicht, ob ich das schon kann." Ethan nickt und nimmt mich in den Arm. „Also, wenn du an Schicksal glauben würdest, dann wäre das hier jetzt dein Beweis, dass du an das Richtige glaubst. Wir sind heute in so viele Züge gestiegen und ausgerechnet an dem Ort angekommen, an dem dein Vater wohnt." Ich lächele, schon halb eingeschlafen. Ethans Nähe lässt mich plötzlich ganz ruhig werden. Zum ersten Mal seit langer Zeit habe ich keine Schmerzen, als ich schließlich mit dem Gedanken einschlafe, dass es an der Zeit ist, den Menschen zu vergeben, die einmal zu den wichtigsten in meinem Leben gehört haben. Wenn ich es nicht jetzt tue, dann werde ich nie mehr die Gelegenheit dazu haben. Und ich kann nicht gehen, ohne Cara und meinem Vater gesagt zu haben, dass ich sie, trotz der Streits, die ich mit ihnen hatte, liebe.

„Delia." Seine Stimme klingt genauso sanft, wie damals. Langsam drehe ich mich um. „Dad." Ich bereite mich darauf vor zu weinen, wie ich es in letzter Zeit so oft tue, doch meine Augen bleiben trocken. „Komm her meine Kleine. Ich habe dich so sehr vermisst." *Dann hättest du kommen sollen. Du wusstest, wo du mich findest,* denke ich, doch ich schiebe die Worte entschlossen aus meinem Kopf, denn ich spüre mit meinem ganzen Körper, dass ich ihm verzeihen will. Er ist mein Vater und ich werde nicht mehr lange Zeit einen Vater haben. „Ich habe dich auch vermisst, Dad. Und ich habe Krebs. Ich werde nicht mehr lange leben." Es tut gut zu wissen, dass er endlich die Wahrheit weiß. „Ich weiß meine Süße, ich weiß. Und es tut mir so unglaublich leid. Ich kann mir keinen Menschen vorstellen, der es weniger verdient hätte als du, eine solche Krankheit zu bekommen. Es ist einfach nicht fair."

Und dann erzählt mein Vater mir von den Briefen, die er mir geschrieben hat und die Antworten meiner Mutter, dass es besser sei, wenn ich nichts mehr von ihm hören würde. Vor kurzem hat sie ihm auch von meiner Krankheit geschrieben. Er erzählt mir, dass er trotz dem Verbot meiner Mutter weiter

Briefe geschrieben hat, um mir darin zu erklären, was Mama mir die ganze Zeit verschwiegen hat. Er hat keine neue Freundin, sondern einen neuen Freund. Er hat sich in einen Mann verliebt und er versichert mir mehrfach, dass er es nicht mit Absicht getan hat. Ich versichere ihm daraufhin, dass ich ihm verzeihe. Dad sagt mir auch, dass ich nicht sauer auf meine Mutter sein soll, weil sie nur das Beste für mich gewollt hat, und komischerweise gelingt es mir sofort. Ich werde nicht sauer. Die Wut ist endlich verrauscht und ich fühle nur noch Liebe in mir. Und das ist der Moment, in dem ich das erste Mal eine Vorahnung davon bekomme, an was ich glauben könnte.

Ich unterhalte mich noch lange mit meinem Vater und stelle ihm Ethan vor. Die beiden verstehen sich sofort super und als es dunkel wird und wir uns auf den Weg machen müssen, verspricht mein Vater mir, dass er mich, sobald es geht, besuchen wird, wenn ich das möchte. „Wenn du ihn kennenlernen willst, dann bringe ich Brad mit. Aber wenn nicht, dann kann ich das natürlich auch verstehen." Ich zögere kurz, doch dann gebe ich mir einen Ruck. „Brad heißt er also. Es wäre mir eine Ehre, ihn kennenzulernen." Dad lächelt und alleine die Tatsache, dass ich ihn glücklich machen konnte, lässt auch mich fröhlich werden.

„Das eben war sehr mutig von dir", flüstert Ethan mir zu, als wir in einem Zug Richtung Köln sitzen. „Ich hoffe nur, dass es auch das Richtige war. Ich mache mir Sorgen darüber, wie Emma, Tabea und vor allem Mama reagieren werden." Ethans Stirn runzelt sich. „Du solltest nicht immer an die anderen denken. Das hier ist dein Leben und du musst für dich und nach deinen Bedürfnissen entscheiden und nicht nach denen der anderen. Es ist wichtig, dass du das lernst." Ich lasse mir Ethans Worte erstaunt durch den Kopf gehen. Komisch, wie Ethan mich immer wieder dazu bringen kann, Dinge zu machen, die mich dann tatsächlich glücklicher machen.

Sobald ich wieder zu Hause bei Mama bin, rede ich mit ihr über meinen Vater. Wir schreien uns kurz an, doch nach einer Weile bin ich zu erschöpft und muss mich auf das Sofa setzen. Emma und Tabea kommen zu mir und ich erkläre ihnen, was wirklich mit unserem Vater passiert ist. Ich habe das Gefühl, dass sie sogar besser verstehen können als ich, dass unser Papa jetzt einen Mann liebt, und wieder einmal wundere ich mich, wie einfach und unbeschwert meine kleinen Geschwister deken.

Emma und Tabea schlafen in dieser Nacht neben mir in meinem Bett ein und es ist, als würden ihre regelmäßigen Atemzüge mich leichter und unbeschwerter fühlen lassen. Es ist eine der letzten Nächte, in denen ich wirklich tief, fest und ohne Schmerzen schlafen kann.

„Delia." Als ich am Morgen aufwache, sehe ich Mamas Gesicht ganz nah an meinem. „Es tut mir so unglaublich leid. Ich konnte es nicht ertragen, dass dein Vater jetzt jemand anderen als mich liebt und ich dachte, das würdet ihr auch nicht können. Ich habe vergessen, wie stark ihr seid und dass er nicht aufgehört hat, euch zu lieben." Ich lasse mich in ihre Arme fallen und versuche, all die Fehler, die sie im Umgang mit mir und meinen Geschwistern in der letzten Zeit gemacht hat, zu vergessen und ihr zu verzeihen. Das Leben ist zu kurz, um es mit Streiten zu verbringen.

Und genau deswegen sage ich Ethan, dass er heute nicht zu mir kommen soll. Ich mache mich stattdessen alleine auf den Weg und laufe, wenn auch sehr langsam, die Straßen entlang, bis ich zu einem Haus komme, das bis vor kurzem fast mein zweites Zuhause war. Mit dem Wissen, dass Cara erst in einer Stunde nach Hause kommen wird, setze ich mich auf eine kleine Mauer und schließe die Augen, um einen Moment lang zu verschnaufen.

Cara

Versöhne dich mit dem Leben. Nimm es hin, so wie es ist. Heute. Jetzt, um das bißchen Glück, das auf dich wartet, nicht auch noch zu versäumen.

Unbekannt

Als ich in die Straße zu unserem Haus einbiege, sehe ich Delia sofort. Sie sieht aus wie ein Engel, wie sie dort auf der Mauer vor unserem Haus liegt, wo wir schon so viele Abende gemeinsam verbracht haben. Mein Kopf will sofort zu ihr rennen, doch mein Körper bleibt wie angewurzelt stehen. Was ist, wenn ihr etwas passiert ist? Was ist, wenn sie hier vor meinem Haus gestorben ist, alleine?

Mein Kopf gewinnt. Ich renne los und fange an Delias Namen immer wieder zu wiederholen, bis sie ihre Augen endlich aufschlägt. Sie sind rot und von schwarzen Schatten unterlaufen. Ihre Wangen sind eingefallen und ihr Körper sieht aus, als ob sie jeden Moment wegfliegen würde. Es gibt keine Haare mehr, die unter der schwarzen Mütze, die sie trägt, hervorgucken könnten. Doch als Delia mich sieht, lächelt sie.

„Gott sei Dank, geht es dir gut." Erleichtert starre ich sie an und dann erst fällt mir wieder unser Streit ein. „Delia, du glaubst gar nicht wie leid es mir tut und wie sehr du mir fehlst", platzt es aus mir heraus. Delia steht langsam auf und ich bin überglücklich, als sie mich in eine lange Umarmung zieht. „Es gibt so vieles, das ich dir erzählen muss. Ich brauche dich doch. Ich weiß gar nicht, wie ich es in den letzten Wochen ausgehalten habe, ohne mit dir zu reden", fängt Delia an zu erklären, „Es tut mir so leid. Mir ist gerade klar geworden, dass nicht du schuld an all dem hier bist. Ich bin es. Ich habe schon lange nicht mehr wirklich mit dir geredet. Ich bin kein Mensch, der gerne über seine eigenen Gefühle spricht. Das weiß ich jetzt. Aber deswegen hätte ich mich nicht verschließen dürfen." Ich schaue erstaunt zu Delia und merke, dass sie Recht hat. Wir haben uns schon lange, bevor Delia uns von ihrer Krankheit erzählt hat, voneinander entfernt. Wir haben uns einfach verändert. Der eine hat einen anderen Weg eingeschlagen als der andere und diese Wege liegen nicht mehr parallel zueinander, wie sie es vorher getan haben. Wir sind zwei unterschiedliche Menschen geworden. Doch ich verstehe plötzlich, dass das normal ist. Vielleicht liegen unsere Wege nicht mehr unmittelbar nebeneinander, aber dafür kreuzen sie sich ab und zu und die Freude, den anderen dann wiederzusehen, ist umso größer. Auch meine Eifersucht auf Delia wegen Ethan, fällt von mir ab und ich höre endlich auf, mich mit ihr zu vergleichen und so sein zu wollen, wie sie. Ich merke, wie gut es tut, Delia einfach nur zu lieben und dabei ich selbst zu bleiben.

Und dann erzählt Delia mir alles. Stundenlang reden wir über Ethan, ihre Krankheit, ihre Mama und ihren Papa, den sie durch Zufall wieder getroffen hat. Außerdem erklärt sie mir, was es mit der Liste auf sich hat und welche Dinge sie schon gemeinsam mit Ethan und Marina gemacht hat und welche sie noch machen möchte. Wir beschließen einen Punkt von der Liste sofort durchzuführen.

Delia

Maybe it's not about the happy ending. Maybe it's about the story.

Unbekannt

Als wir an der Seilschaukel ankommen, ist es für einen Moment so, als wären wir wieder die beiden kleinen Kinder, die nichts als Spaß und Lachen im Kopf haben. Ich weiß, dass wir das nicht mehr sind und dass es zwischen uns nie so sein wird wie früher. Aber vielleicht ist es so, wie es jetzt ist, besser. Es fühlt sich auf jeden Fall gut an, wieder lächelnd neben Cara zu stehen.

Cara rennt zu der Schaukelstange der Seilbahn und zieht sie den Weg bis zu mir hoch. Ich klammere mich mit ihr daran fest und auf drei springen wir ab und hängen für kurze Zeit in der Luft, bis unsere Füße auf der schmalen Schaukel Halt gefunden haben. Dann sausen wir los und es kommt mir vor, als wäre diese eine Fahrt mit der Seilbahn die beste in meinem ganzen Leben gewesen.

Lachend fallen wir von der Schaukel, als sie am Ende abrupt stoppt. Doch mein Lachen vermischt sich schon bald mit Tränen. Ich verfluche meinen Körper dafür, dass er genau in diesem Moment, in dem ich so fröhlich bin, alles kaputt machen muss.

Die Lichter des Krankenwagens sehe ich nur teilweise. Ich höre nur ansatzweise die vielen Stimmen, die aufgeregt zu sein scheinen. Ich spüre nur wenige der Berührungen der Ärzte. Die Schmerzen lassen mich alles um mich herum vergessen. Ich fühle mich, als müsste ich sterben.

Doch dann höre ich seine Stimme. Sie klingt so aufgebracht und so unendlich traurig. Ich will die Trauer beenden und weiß plötzlich, dass ich das nur kann, indem ich meine Augen öffne und ihm beruhigend zulächele.

„Delia, du brauchst keine Angst zu haben, ich bin bei dir", murmelt Ethan in mein Ohr. Ich weiß, dass er mit den Worten eigentlich nicht mich, sondern sich selbst beruhigen will. Schließlich habe ich keine Angst. Ich habe nur Schmerzen und ich würde alles tun, um sie in diesem Moment nicht spüren zu müssen. Ich merke, wie ich immer weiter weggleite und dann, für einen klitzekleinen Augenblick, habe ich doch Angst. Angst davor, zu sterben, bevor ich meinen Vater noch einmal gesehen habe, bevor ich Ethan gesagt habe, dass ich ihn liebe…
Dann verliere ich endgültig mein Bewusstsein.

Cara

It's not about who you spend the most time with. It's about who you had the best memories with.

Unbekannt

„Was willst du hier? Was hast du mit Delia gemacht?", faucht Ethan mich an, als ich einige Minuten nachdem der Krankenwagen mit Delia im Krankenhaus angekommen ist, auch dort auftauche. „Ich bin nicht schuld daran, dass Delia ohnmächtig geworden ist, wenn du mir das jetzt vorwerfen willst", entgegne ich ohne zu zögern. Ich stehe immer noch unter Schock und laufe vor Delias Krankenhauszimmer hin und her, da ich mich nicht beruhigen kann. „Ist Grace bei ihr?", frage ich Ethan nach einigen Minuten, in denen ich versucht habe die tausend Gedanken, die in meinem Kopf herumschwirren, zu ordnen. „Ja. Sie lassen mich nicht rein." Auch Ethan klingt jetzt etwas beruhigter und mir wird klar, dass er sich genauso fühlen muss wie ich. Vielleicht sogar noch schlimmer, denn das Mädchen, das er liebt, vielleicht der einzige Mensch, den er je wirklich geliebt hat, liegt in diesem Zimmer und wäre gerade vielleicht fast gestorben. So sah es für mich jedenfalls aus. Ich will mir gar nicht vorstellen, wie schlimm Delias Schmerzen gewesen sein müssen, als sie dort unter der Schaukel auf der Erde lag. Schon alleine ihre Schreie haben mir wehgetan.

Ich zwinge mich für einen Moment still zu stehen. „Gibt es noch jemanden, den wir anrufen sollten? Was ist mit Delias Geschwistern? Sind sie alleine?" Ethan bleibt ebenfalls stehen und nach kurzem Zögern setzt er sich auf einen Stuhl. „Wir könnten ihren Vater anrufen. Er könnte sich um ihre Geschwister kümmern, dann hätte Grace Zeit, sich um Delia zu sorgen. Ich glaube Emma und Tabea sind noch im Kindergarten und Linus bei seiner Tagesmutter. Vielleicht sollten wir dort anrufen." Ich nicke. „Hast du eine Nummer von Delias Vater?" Ethan nickt. „Gut. Dann ruf du ihn an und ich kümmere mich um Emma, Tabea und Linus." Ohne mir seine Gefühle zu zeigen, steht Ethan wieder auf und geht mit seinem Handy in der Hand einige Meter den Flur entlang, um ungestört zu telefonieren.

Ich rufe zuerst bei Linus Tagesmutter an und bitte sie, ihn hierher zu bringen. Dann überlege ich, meine Mama anzurufen und sie zu fragen, ob sie Emma und Tabea aus dem Kindergarten holt und auch ins Krankenhaus bringt, doch ich verwerfe den Gedanken schnell wieder. Meine Mama ist kein sehr hilfsbereiter Mensch und niemand, der immer für seine Tochter da ist. Früher war sie das. Doch seit mein kleiner Bruder gestorben ist, hat sie sich verändert. Ich könnte ihr erst recht nicht zumuten, dieses Krankenhaus zu betreten. Stattdessen rufe ich Rebecca an. Sie klingt nicht wütend, wie ich es erwartet hätte, nachdem ich wochenlang nicht mit ihr geredet habe. Sie klingt überrascht und scheint dann sofort zu verstehen, dass etwas mit Delia nicht stimmt. Ich bitte sie, dass sie mit ihrer Mutter Tabea und Emma abholt und dann zum Krankenhaus fährt.

„Wie kommt es, dass ihr euch vertragen habt?", reißt Ethan mich aus meinen Gedanken, nachdem wir wieder einige Minuten schweigend nebeneinander gesessen haben. „Ich…Sie ist zu mir gekommen." „War ja klar", murmelt Ethan, doch ich verstehe ihn trotzdem und werde plötzlich wütend auf ihn. „Was war klar?" „Es war klar, dass nicht du dich zuerst entschuldigen würdest. Weißt du eigentlich, wie sehr du Delia wehgetan hast?" Ja, das weiß ich. Aber das gebe ich natürlich nicht zu. „Du hast nicht das Recht dazu, über mich zu urteilen, Ethan. Du kennst mich kein bisschen. Du weißt doch gar nicht, was…" „Du hast recht, ich kenne dich nicht", unterbricht Ethan mich, „aber ich kenne Delia und ich weiß, dass sie dich braucht. Also werde ich dir auch verzeihen." Ich bin überrascht über seinen plötzlichen Stimmungswechsel. Gleichzeitig spüre ich, wie eine große Last von mir

abfällt. Jetzt haben mir endlich alle Menschen verziehen, die wütend auf mich waren.

„Seid ihr Ethan und Cara?", spricht uns eine
Schwester plötzlich an. Wir springen beide sofort
auf und laufen nickend auf die Schwester zu. „Delia
fragt nach euch", erklärt diese und hält uns die Tür
zu Delias Zimmer auf. Bevor ich es betrete, atme
ich tief durch und nehme mir vor, dass ich auf keinen Fall weinen werde, egal was für eine Nachricht
ich jetzt erhalten werde. Ich muss endlich damit anfangen, stark für meine beste Freundin zu sein.

Delia

Male mich wie ich bin. Wenn du die Narben und die Falten weglässt, zahle ich dir keinen Schilling.

Oliver Cromwell

Als ich die Sorge auf Ethans und Caras Gesicht sehe, zwinge ich mich sofort zu lächeln. „Hey, mein starkes Mädchen", Ethan setzt sich ohne zu zögern auf mein Bett und nimmt meine Hand. Dass er mich „mein Mädchen" genannt hat, lässt mich kurz erröten. „So siehst du doch gleich viel gesünder aus", lächelt Ethan. Ich bedeute Cara, dass sie sich auch auf mein Bett setzen kann. Nachdem sie kurz mit meiner Mama geredet hat und diese mit einem kurzen Winken in meine Richtung verschwunden ist, setzt sie sich auf meine andere Seite. „Was haben die Ärzte gesagt?", will sie sofort wissen. „Ich brauche wahrscheinlich einen Stent", erwidere ich erschöpft. Cara sieht mich fragend an und ich will schon zu einer Erklärung ansetzen, doch Ethan unterbricht mich. „Das ist ein kleines Röhrchen, das endoskopisch eingesetzt wird, damit die Galle dadurch abfließen kann. Durch den Tumor hat sich wahrscheinlich der Gallengang verengt. Deswegen sieht Delia so gelb im Gesicht aus." Verwundert nicke ich. Ethan hat fast dasselbe wie der Arzt gesagt und ich frage mich, wieso er sich plötzlich so gut auskennt.

„Wie geht es dir denn?", fragt Cara. Ich versuche wieder, beruhigend zu lächeln. „Es geht wieder viel besser. Die Schmerzen kommen immer in Schüben und dieser war halt besonders schlimm." „Und wie lange bleibst du noch hier?" „Etwa eine Woche. Schon morgen wird der Stent eingesetzt und danach soll ich noch ein paar Tage zur Beobachtung hier bleiben. Ethan und Cara nicken und dann erzählen sie mir, dass mein Vater auf dem Weg hierher ist. Ich bin unglaublich froh darüber, denn ich habe das Gefühl, mir läuft die Zeit davon. Ich will unbedingt noch einen richtig glücklichen Tag mit meinem Vater verbringen und ich merke, dass ich sogar gespannt auf Brad, seinen Freund, bin. Doch jetzt bin ich müde. Ich versuche mich zusammen-zureißen und Caras Worten zu lauschen, doch ich verstehe ihren Sinn nicht mehr und irgendwann gebe ich es auf. Stattdessen beobachte ich Ethan, der anscheinend in seine eigenen Gedanken versunken ist und mit meinen Fingern spielt. „Hey, hörst du mir überhaupt zu?" Cara wedelt mit gespielter Empörung vor meinem Gesicht herum und grinst mich an, als ich ihr meinen Kopf zuwende. „Äh, tut mir leid, ich bin nur so müde", erwidere ich ein wenig schuldbewusst. Cara sieht mich lächelnd an und umarmt mich fest. „Dann werde ich mich jetzt mal auf den Weg machen. Rebecca wird wahrscheinlich auch kurz vorbeikommen wollen, ich habe sie und ihre Mutter gebeten, dass sie Tabea und Emma hierher bringen. Aber danach hast du deine Ruhe und kannst schlafen." Sie steht von meinem Bett auf und läuft auf die Tür zu, „Ich komme dich morgen nach der Schule wieder besuchen, wenn du möchtest?" Ich nicke. „Klar möchte ich", sage ich, „Und, Cara?", füge ich noch hinzu, „danke für diesen Tag." Cara lächelt, doch dieses Mal ist es ein trauriges Lächeln. Ich frage mich, ob sie wohl daran denken muss, dass wir nicht mehr viele solcher Tage gemeinsam erleben können.

„Soll ich auch gehen?", fragt Ethan mich sanft, als sich die Tür hinter Cara geschlossen hat. Ich schüttele entschieden den Kopf. Wenn Ethan bei mir ist, fühle ich mich gleich viel besser und kann auch besser schlafen. „Bitte bleib noch, wenn es dir nichts ausmacht." Ethan lächelt. „Natürlich bleibe ich, wenn du das möchtest. Wir können ja schon mal überlegen, welchen Punkt auf deiner Liste wir als nächstes erledigen wollen." Ethan legt sich neben mich und nimmt mich in den Arm. Ich schließe die Augen und stelle mir vor, dass wir wieder auf der wunderschönen Wiese liegen, zu der wir mit dem Motorrad gefahren sind. Ich kann die Blumen fast riechen, die Vögel fast hören und das Glück spüren, das ich in diesem Moment empfunden habe.

„Ich bin dafür, dass wir als nächstes meine Oma und meinen Opa besuchen", schlage ich schließlich vor und drehe mich um, damit ich Ethan in die Augen schauen kann. „Wenn du möchtest, rufe ich sie an und frage, ob sie hierher kommen", schlägt Ethan vor, doch als ich schweige, versteht er sofort, dass ich von meinen toten Großeltern rede. „Oh. In Ordnung. Wir werden zu ihnen fahren, sobald du hier raus bist." „Danke." Ich schließe für eine Weile meine Augen. „Danke, für alles", füge ich dann noch hinzu, „ich wüsste nicht, was ich ohne dich tun würde." Ich höre Ethans Antwort nicht mehr, denn ich gleite plötzlich in einen tiefen Schlaf.

Cara

Es ist gut, einen Freund gehabt zu haben, auch wenn man sterben wird.

Antoine de Saint-Exupéry

„Hey", wirbele ich am nächsten Morgen in Delias Zimmer hinein. Ich bin froh, als ich sehe, dass sie dort liegt und ihre Haut, die gestern einen gelblichen Stich hatte, nun wieder normal aussieht. „Ist alles gut gegangen?", frage ich trotzdem noch einmal nach. Delia nickt lächelnd und dieses Mal merke ich, dass es ein ehrliches und kein gequältes Lächeln ist, wie gestern.

„Sollen wir vielleicht einen kleinen Spaziergang machen? Ich liege hier schon viel zu lange, ohne irgendetwas anderes zu tun", schlägt Delia vor und ich weiß nicht, ob sie es wirklich ihretwegen tun möchte oder ob sie gemerkt hat, wie unwohl ich mich innerhalb dieses Krankenhauses fühle. Denn natürlich weiß Delia von dem Tod meines Bruders. Sie war diejenige, die mich in dieser Zeit aufgefangen hat. „Klar, gerne", erwidere ich und einige Minuten später schiebe ich Delia in einem Rollstuhl, den sie kurz nach der Operation noch braucht, über die kleinen Sandwege vom Gelände des Krankenhauses. „Was läuft jetzt eigentlich zwischen dir und Ethan?", stelle ich endlich die Frage, die mir schon lange auf der Zunge liegt. Ich sehe Delias Lächeln und mir fällt zum ersten Mal auf, dass es mir nichts mehr ausmacht, sie mit Ethan zusammen zu sehen und zu wissen, dass die beiden sich lieben. Endlich habe ich erkannt, dass Ethan nur eine Schwärmerei war. Er war wie ein Mittel, um meinem öden Alltag zu entkommen und eine Möglichkeit dafür, mir ein anderes, glücklicheres Leben vorzustellen. Doch das Glück, das ich mir so gewünscht habe, hätte ich niemals durch Ethan erfahren können. Er war nur ein Vorwand durch den ich mir eingeredet habe, dass ich nicht selbst für mein Glück verantwortlich bin. Doch das bin ich. Glücklich werden muss ich ganz alleine, das weiß ich jetzt. Auch wenn ich es hasse, etwas selbst in die Hand zu nehmen. Denn ich habe viel zu viel Angst davor, etwas falsch zu machen.

„Es ist nichts Besonderes passiert", erklärt Delia errötend. Ich fange an zu lachen. „Delia, er steht auf dich und du auf ihn. Vielleicht solltest du einfach den ersten Schritt wagen." Delia schaut mich niedergeschlagen an. „Ich wollte nicht, dass er sich in mich verliebt." Ich nicke nachdenklich, denn natürlich kann ich sie verstehen. Sie will nicht, dass Ethan zu sehr um sie trauert. Aber dafür ist es jetzt schon zu spät. „Meinst du nicht, dass es für Ethan besser ist, einige Wochen lang mit dir glücklich zu sein, als dieses Gefühl nie gespürt zu haben? Ich glaube nicht, dass es auf dieser Welt noch eine Person gibt, die Ethan so glücklich machen kann wie du, und dass er dich gefunden hat, ist ein Wunder. Ich bin mir sicher, er wird keine einzige Sekunde, die er mit dir verbracht hat, bereuen. Und schließlich ist alles vergänglich oder? Nichts bleibt für immer, aber ihr, ihr habt euch gefunden und könnt zumindest für eine Weile die glücklichsten Menschen auf der Welt sein." Delia lächelt über meine Theorie, doch ihre Augen bleiben traurig. „Könntest du mir versprechen, dass du ein wenig auf Ethan achtest, wenn ich es nicht mehr kann? Er musste schon so viele Dinge verkraften. Ich will einfach nur, dass es ihm irgendwann wieder gut geht." Ich nicke sofort, obwohl ich mich gleichzeitig frage, wer auf mich achten soll. „Ich werde es versuchen, so gut ich kann, das verspreche ich." „Danke. Jetzt fühle ich mich wirklich besser." Sie umarmt mich fest und dann schiebe ich Delia weiter über das Gelände, bis wir schließlich vor einem kleinen, weißen Gebäude stehen. „Das ist eine Kirche. Willst du reingehen?", fragt Delia mich und ich nicke. Schon immer hat Delia sich darüber gewundert, wie ich an Gott glauben kann. Sie hat sich gefragt, wie es einen Gott geben kann, wenn gleichzeitig so viel Leid auf Erden herrscht. Und manchmal hat sie mich damit wirklich in meinem Glauben verunsichert. Doch sie konnte mich nie davon abhalten, jeden Sonntag in die Kirche zu gehen, mich konfirmieren zu lassen und ehrenamtlich in der Gemeinde zu arbeiten. Ich hingegen habe immer versucht, Delia dazu zu überreden mitzukommen und dem Pfarrer wenigstens einmal zuzuhören. Sie hat sich immer geweigert. Umso mehr freut es mich jetzt, dass sie vorgeschlagen hat, die Kirche zu betreten.

Vorsichtig öffne ich die Tür und betrete leise die kleine Kirche. Wie immer fühle ich mich winzig klein und gleichzeitig so, als könnte ich alles schaffen, als ich die Gemälde an den Wänden, die Bänke und den Altar betrachte. Die Stille und Kühle hüllen mich willkommen ein und für einen winzig kleinen Moment vergesse ich den Rest der Welt und genieße es, das Gefühl zu haben, dass alles auf dieser Welt von Gott bestimmt wird.

Delia

Auch wenn alles einmal aufhört, Glaube Hoffnung und Liebe nicht. Diese drei werden immer bleiben. Doch am höchsten steht die Liebe.

1.Korinther 13, 13

Ich beobachte Cara von der Tür aus, während sie die Kirche betritt. Ihr Gesicht entspannt sich sofort und ihre Mundwinkel verziehen sich zu einem Lächeln. Für sie ist es klar, an was sie glaubt. Sie glaubt an Gott. Ich habe mir immer gewünscht, dass ich das auch kann. Es wäre manchmal so schön gewesen, einfach nur zu Gott zu beten und die eigene Verantwortung an jemanden abzugeben. Aber so sehr ich es auch versucht habe, konnte ich mir noch nie vorstellen, dass es wirklich jemanden im Himmel geben soll, der...nun, was auch immer tut. Ich konnte mir nicht vorstellen, dass ein Gott das Leid auf der Welt zulassen würde.

Doch jetzt brauche ich dringend etwas, an das ich glauben kann, etwas, das mir Trost spendet. Um Cara nicht zu stören, die sich in eine der Bänke gesetzt und angefangen hat, zu beten, rolle ich in meinem Rollstuhl, so leise es geht, die Gänge entlang und schaue mich um. Hier gibt es viele Gemälde. Ganz vorne steht ein kleiner Altar und dahinter an der Wand sehe ich ein Bild von Jesus Kreuzigung.

Ich denke darüber nach, dass Jesus den Christen zufolge am Kreuz gestorben und dann wieder auferstanden ist. Dann denke ich an eine Geschichte aus der Bibel, die Cara mir einmal erzählt hat. In dieser Geschichte geht Jesus mit seinen Jüngern fischen. Dazu fahren sie mit einem kleinen Boot hinaus auf das Meer. Jesus schläft ein und als ein Sturm aufkommt, haben die Jünger Todesangst und wecken Jesus panisch auf. Dieser sagt dem Sturm, dass er sich beruhigen soll und das tut er auch sofort.

Ich habe noch nie an diese übernatürlichen Kräfte geglaubt, doch plötzlich kommt mir ein Gedanke. Was ist, wenn alles im übertragenen Sinne gemeint ist? Der Sturm war nie wirklich da, sondern hat nur in den Köpfen der Jünger existiert und Jesus konnte die Sorgen der Jünger beenden. Und wenn das wahr ist, dann ist Jesus vielleicht nicht wirklich wieder auferstanden, sondern hat nur in den Erinnerungen der Menschen weitergelebt, weil diese ihn geliebt haben. Er ist durch ihre Liebe nie wirklich gestorben. Liebe hat ihn unsterblich gemacht.

Und mit einem Mal wird mir klar, woran ich glaube und wonach ich mein Leben ausrichte. Ich glaube daran, dass Menschen mit dem Glauben an die Liebe, die manche vielleicht durch eine Religion besser erkennen können, vereint werden. Ich glaube daran, dass man durch Liebe alles schaffen kann und sie der einzige wirkliche Weg ist, glücklich zu werden.

Und ich glaube auch an die Hoffnung. Daran, dass Menschen durch Hoffnung versuchen, sich ein besseres Leben aufzubauen und durch Hoffnung Kraft erlangen können.

Lächelnd sitze ich vor dem Altar in der kleinen Kirche und denke noch ein wenig über Glaube, Liebe und Hoffnung nach, bis ich mir ganz sicher bin, dass ich richtig liege. Ich habe meinen Lebensweg gefunden.

Am nächsten Tag kommt mein Vater an. Erst ist es komisch zwischen uns. Oft entsteht peinliches Schweigen und wir reden nur über belanglose Dinge. Doch dann fasse ich mir ein Herz und fange an, ihm alles über Emma, Tabea und vor allem über Linus zu erzählen, der genauso aussieht wie er und den er noch gar nicht wirklich kennt. Dad hat meine drei kleinen Geschwister noch nicht wieder gesehen und er vertraut mir an, dass er Angst davor hat.

Ich erzähle ihm auch von meiner Liste und er will sie natürlich sofort sehen. Als er den Punkt mit dem Segelfliegen sieht, macht er große Augen. „Brad ist Mitglied in einem Segelflugverein. Vor einem halben Jahr habe ich einen neuen Flugschein gemacht. Seitdem bin ich schon wieder ein paar Mal geflogen. Es würde mich wirklich freuen, wenn du mich begleiten würdest." Ich quietsche vor Freude und falle ihm in die Arme, überglücklich, dass mir auch dieser Wunsch erfüllt werden wird, denn ehrlich gesagt hatte ich schon nicht mehr daran geglaubt.

Einige Minuten später, in der Krankenhauscafeteria, lerne ich auch Brad kennen. Er ist groß, muskulös, hat schwarze Haare und graue Augen, die mich ein wenig an die von Ethan erinnern. Auch wenn es erst einmal komisch ist, ihn und meinen Vater Händchen halten zu sehen, mag ich Brad sofort. Er ist herzlich und gibt mir nicht wie andere Leute in letzter Zeit das Gefühl, zerbrechlich zu sein, indem er nicht vorsichtig, sondern normal mit mir umgeht und mich wie einen gewöhnlichen, gesunden Menschen betrachtet.

Etwas später, als wir zu zweit einen kleinen Spaziergang an der frischen Luft machen, ich immer noch im Rollstuhl, erfahre ich auch den Grund dafür. „Ich hatte selbst lange Zeit Krebs", erklärt er mir ernst, „die Krankheit hat mich fast umgebracht, aber wirklich krank haben mich die Menschen gemacht, die Mitleid mit mir hatten und deswegen nicht mehr normal mit mir umgehen konnten. Ich weiß, wie du dich manchmal fühlen musst. Und ich möchte dich wissen lassen, dass ich immer für dich da bin, wenn du mich brauchst." Erfreut lächele ich ihm zu. „Du könntest tatsächlich etwas für mich tun", fällt mir dann ein, „pass auf meinen Vater auf. Ich habe Angst, dass er meinen Tod nicht verkraften wird. Er hat mich doch gerade erst wiedergefunden. Erinnere ihn daran, dass er noch drei weitere tolle Kinder hat, um die er sich kümmern muss." „Keine Sorge. Ich werde auf ihn und auch auf deine Mutter und deine Geschwister achten", erwidert Brad und in seinen Worten höre ich, wie sehr er mich für meine vorgebliche Stärke bewundert. Wenn er nur wüsste, wie schwer es mir gerade gefallen ist, diese Worte auszusprechen.

„Bist du sicher, dass du alles hast?", fragt Ethan mich liebevoll. Ich nicke, nehme seine Hand und ziehe ihn aus dem Krankenzimmer. Es ist jetzt schon eine Woche vergangen, seit ich den Stent eingesetzt bekommen habe, und alle Nachuntersuchungen haben nichts Auffälliges ergeben. Deswegen darf ich jetzt endlich nach Hause. Ethan holt mich ab, weil Mama arbeiten muss und Papa schon gestern wieder mit Brad nach Hause gefahren ist. Wir hatten eine schöne gemeinsame Zeit. Schon nächstes Wochenende wird Mama mich und Ethan, der darauf besteht mitzukommen, nach Hamburg zu dem Segelflugplatz bringen. Dort werde ich gemeinsam mit meinem Vater fliegen.

„Delia?" Ethan zieht sanft an meiner Hand und reißt mich damit aus meinen Gedanken. „Äh ja. Ich komme", gebe ich zurück und wir machen uns auf den Weg. Im Bus erzähle ich ihm endlich davon, dass ich jetzt weiß, woran ich glaube. Ich bin überrascht darüber, dass es mir gar nicht peinlich ist, so offen mit ihm über meine Gefühle zu reden. Ethan sieht mich stolz an, als ich mit meiner Erklärung fertig bin. „Ich wusste doch, dass du an etwas ganz Besonderes glaubst", sagt er und küsst mich auf den Kopf, was mir eine Gänsehaut über den Rücken laufen lässt. „Dein Glaube ist das Schönste, was ich je gehört habe. Wenn alle Menschen so denken würden wie du, dann wäre die Welt ein besserer Platz." Ich schaue Ethan in die Augen, um zu erkennen, ob er das ernst meint oder nur Spaß macht. Er lächelt so breit, dass sich an seinen Wangen die Grübchen bilden, die ich so sehr liebe. Dabei sieht er wirklich glücklich und stolz aus, was mich schließlich dazu bringt, seinen Worten zu glauben.

Delia

Die geliebt werden können nicht sterben, denn Liebe bedeutet Unsterblichkeit.

Emily Dickinson

„Lass uns heute schon meine Großeltern besuchen", schlage ich vor, als wir einige Tage später in meinem Zimmer sitzen. „Ich fühle mich heute gut. Wir könnten vielleicht sogar zu Fuß gehen." Ethan nickt zögernd. „Aber sag rechtzeitig Bescheid, wenn es dir schlecht gehen sollte", warnt er und nimmt dann, wie so oft in letzter Zeit meine Hand. „Wo gehen wir überhaupt hin?", will er wissen, als wir schon einige Minuten lang im Wald unterwegs sind. „Lass dich überraschen", sage ich nur und schaffe mir mit meinem Arm einen Weg durch das Gestrüpp, bis wir schließlich von einem Weg abgehen und uns auf einer kleinen Lichtung mit großen Tafeln aus Metall befinden. „Das hier ist ein Trauerwald", erkläre ich und zeige auf zwei kleine weiße Schilder, die unter vielen anderen an den Tafeln befestigt sind und auf denen die Namen meiner Großeltern und deren Geburts- und Sterbedaten stehen. Dann führe ich Ethan einen schmalen Weg weiter bis zu einem Baum, der mit einer Zwölf gekennzeichnet ist und unter dem die Asche meiner Großeltern begraben liegt. Ich finde dies die einzige schöne Art von Beerdigung. „Hattest du ein gutes Verhältnis zu ihnen?" Ethan hat sich neben den Baum gestellt und schaut nun in den Himmel zu den Ästen und Blättern der Bäume. „Ja. Ich habe sie sehr geliebt." Traurig berühre ich die raue Rinde des Baumes, der mir an diesem Ort schon immer Trost gespendet hat. Dann laufe ich los zu einer kleinen Wiese und pflücke ein paar Gänseblümchen, die meine Oma genau so sehr geliebt hat wie ich. „Aufwendige Blumen sind hier verboten und das finde ich gut so." Ich versuche Ethan in die Augen zu schauen, während ich rede, doch er weicht meinem Blick aus. Vielleicht weil er schon weiß, was jetzt kommen wird. Vorsichtig lege ich die gepflückten Gänseblümchen unter den Baum und bleibe dann kniend auf dem Waldboden sitzen. „Ich wünsche mir das hier. Ich liebe die Stille und die friedliche Stimmung an diesem Ort. Vor allem, wenn die Vögel zwitschern, ist es wunderschön. Ich weiß, eigentlich passt es nicht zum Tod, aber das ist genau das, was es für mich so perfekt macht." Ich versuche weiterhin Ethan anzuschauen und merke, dass seine Augen rot sind und ihm Tränen über die Wangen laufen. Ich schlucke einmal schwer, bevor ich weiterrede: „Ich möchte, dass die Menschen da sind, denen ich wirklich wichtig war. Kein Trauergottesdienst für die ganze Schule mit Menschen, denen ich nichts bedeutet habe und die es als eine gute Möglichkeit sehen würden, Schule zu schwänzen." Ich lehne meinen Kopf an Ethans Beine, als er sich zu mir setzt, und drücke seine Hand. „Ein Gottesdienst ist super, aber er soll bitte nicht zu religiös sein. Vielleicht eine Geschichte, in der es um Liebe geht. Wenn du möchtest, dann kannst du meine Grabrede halten. Versuche, meine Mutter damit zu trösten, wenn du es machst, und mach dir nicht zu viele Gedanken darüber, ob ich es gemocht hätte. Alleine dass du jetzt hier bei mir sitzt, ist das größte Geschenk, was du mir machen kannst. Viel mehr brauchst du nicht zu tun. Sei einfach da. Bitte frag Cara, ob sie ein Lied auf der Geige spielt. Ich liebe die Musik, die sie macht, aber vor allem würde es ihr das Gefühl geben, gebraucht zu werden und etwas tun zu können. Und das Wichtigste ist, dass du dich an diesem Tag daran erinnerst, dass ich glücklich gestorben bin und…dass ich dich geliebt habe." Endlich habe ich Ethan alles gesagt, was mir auf dem Herzen gelegen hat, und jetzt schafft er es auch, mich anzuschauen. „Ich liebe dich auch, Delia." Ethan schaut mich mit seinen grauen Augen an. Die Gefühle, die in ihnen zu sehen sind, sind unbeschreiblich. Genauso fühle ich mich auch. Vorsichtig wische ich ihm die Tränen von den Wangen. „Das ist alles, was ich mir wünsche", flüstere ich, bevor ich mich zu ihm herüberbeuge und ihn sanft küsse. Es ist das beste Gefühl auf der Welt.

„Nein, guck hierher Emma. Schau, wie ich es mache. Du musst den Knoten machen, bevor du die Schleife bildest. Sonst hält es nicht", wiederhole ich meine Erklärung, als die Schleife an ihrem Schuh wieder aufgeht. Ich habe beschlossen, Emma und Tabea endlich einmal beizubringen, wie man sich die Schuhe zubindet, damit sie das in Zukunft selbst können. „Ich hab's!", ruft Tabea aufgeregt und hält mir ihren Schuh hin. „Super. Ich bin stolz auf euch!", lobe ich, als auch Emma mir ihren Schuh hinhält. „Aber du sollst immer meine Schuhe zu machen", meckert Tabea und kommt auf meinen Schoß gekrabbelt. Ich ziehe auch Emma zu mir herüber und schaue mich kurz nach Linus um, der hinter uns mit seinen Bauklötzen spielt, plötzlich aber auch ganz still wird und mich aufmerksam ansieht. „Ich werde nicht immer bei euch bleiben. Bald werde ich an einen anderen Ort gehen, so wie Oma und Opa. Aber ihr habt dann noch euch und Mama und ihr werdet glücklich sein, okay?" Verunsichert, ob ich die richtigen Worte gefunden habe, schaue ich meine Geschwister an. Emma und Tabea scheinen mich verstanden zu haben und gucken mit traurigen Gesichtern zu mir, während Linus auf uns zu gekrabbelt kommt und mir einen Baustein hinhält. Ich lächele, während mir Tränen über das Gesicht laufen. Ich bin noch nicht bereit dazu, meine wunderbaren Geschwister zurückzulassen. Es gibt noch so viele Dinge, die ich ihnen zeigen will. „Wir wollen nicht, dass du nicht mehr da bist." Emma sieht mich bettelnd an. „Das will ich auch nicht. Aber wir können uns das leider nicht aussuchen. Ich möchte, dass ihr wisst, dass ich euch über alles liebe. Euch alle drei. Ich werde euch immer lieben, vergesst das nicht." Tabea und Emma nicken, während Linus mich mit großen Augen anguckt und anfängt zu glucksen. Dann kommt mir eine Idee. „Kommt, ich zeige euch et-was." Ich stehe auf und laufe mit Linus auf dem Arm und Emma und Tabea neben mir die Treppen hoch bis zu einem kleinen Wandschrank, der so unter einem Tisch versteckt ist, dass man ihn norma-lerweise nicht sehen kann. „Hier versteckt Mama immer leckere Süßigkeiten. Wenn ihr euch nur manchmal und nur wenig davon nehmt, dann fällt es ihr nicht auf, dass ihr das Versteck kennt. So habe ich es immer gemacht." „Das ist ja cool!", ruft Tabea erfreut, als sie die Schokolade in dem Ver-steck sieht, und ich wische mir schnell die Tränen vom Gesicht. „Wenn ihr traurig seid, dass ich nicht mehr da bin, geht ihr einfach hoch und nehmt euch ein kleines Stück Schokolade, okay? Und gebt Linus auch etwas ab." Ich streiche den dreien durch die Haare. „Dann wäre die Schokolade ganz schnell leer." Tabea schaut mich vorwurfsvoll an. „Dann werde ich einfach noch ganz viel dazutun, solange ich noch hier bin." Vorsichtig schließe ich die Tür zum Schrank wieder und hebe Linus hoch, um ihn wieder hinunter zu tragen, auch wenn sich meine Schmerzen im Bauch, die ich mittlerweile permanent habe, dadurch verstärken.

„Hast du denn auch deine Tabletten dabei?", fragt Mama mich zum tausendsten Mal. Ich halte nickend einige Schachteln in die Höhe. Sie enthalten verschiedene Schmerztabletten. Endlich rutscht auch Ethan neben mir in das Auto und mit einem Winken Richtung Cara und Rebecca, die auf Emma, Tabea und Linus aufpassen, solange Mama Ethan und mich nach Hamburg zu meinem Dad und Brad bringt, fahren wir los.

Mama steigt nicht aus dem Auto aus, als wir ankommen. Sie schaut meinem Vater, der an der Straße vor seiner Wohnung steht, um uns dort zu empfangen, nur einmal tief in die Augen, wie um ihm zu sagen, dass er ja auf mich aufpassen soll.

Dann drückt sie Ethan meine Tasche in die Hand, umarmt mich ein letztes Mal und sagt, dass sie uns Sonntagabend wieder abholen kommt. Danach ist sie verschwunden und ich frage mich, wie es dazu kommen konnte, dass sie und Dad sich nicht einmal mehr wirklich in die Augen schauen können. Es macht mich traurig zu sehen, wie wenig von ihrer einst so glücklichen Ehe übrig geblieben ist.

Doch ich rede mir ein, dass das nicht mein Problem ist. Statt weiter über die Beziehung meiner Eltern nachzudenken, laufe ich auf meinen Dad zu, der mich sofort in seine Arme schließt. „Schön, dass ihr da seid", begrüßt er auch Ethan mit einem Handschlag und führt uns dann hinauf in seine Wohnung. „Brad hat etwas für uns gekocht", sagt mein Dad, als er die Wohnungstür aufschließt und ein gewisser Stolz schwingt in seiner Stimme mit.

Sobald ich die Wohnung von innen sehe, tritt ein Lächeln auf mein Gesicht. Es ist wunderschön. Die Möbel sind eine wild durcheinander gewürfelte Mischung aus Holz, modernen Stücken und bunten Schränken. Außerdem gibt es ein riesig großes, sehr gemütlich aussehendes Sofa mit einem dunkelvioletten Bezug. Von der Decke hängen einige Lampen, die aussehen, als würden sie von einem Trödelmarkt stammen. Außerdem sind überall Kerzen angebracht. Doch was mich am meisten begeistert, sind die vielen Fotos, die an den Wänden hängen. Auf den meisten sind meine Geschwister und ich zu sehen, doch als ich weiter in den Raum hinein gehe, sehe ich, dass es auch viele Fotos mit mir unbekannten Gesichtern gibt. Brads Familie und Freunde. Die gegenüberliegende Wand ist voller gemeinsamer Fotos von Brad und meinem Dad. Eines, auf dem sie angeln, eines in einem Klettergarten, beim Camping und an verschiedenen Stränden, auf Radtouren, bei einer Safari und in einer Kneipe. Mir wird schlagartig bewusst, wie wenig ich meinen Dad eigentlich kenne und wie viele für sein Leben wichtige Erlebnisse ich verpasst habe. „Bitte erzähl mir von all dem", flüstere ich meinem Dad zu und dabei klingt meine Stimme trauriger, als ich es erwartet hätte. „Es tut mir so leid, dass ich nicht früher zu dir gekommen bin." Ich wische mir mit der Hand über die Augen in der Erwartung, dass sie feucht sind, doch dieses Mal laufen mir keine Tränen über die Wangen. Es ist, als wären sie alle aufgebraucht.

Es ist wunderschön bei meinem Dad und Brad. Sie erzählen uns, was sie schon alles gemeinsam erlebt haben, und wir lachen fast den ganzen Abend lang. Für einige Stunden vergesse ich meine Krankheit und dass ich bald sterben werde, was mir Zuhause fast nie gelingt, weil es dort zu viele Dinge gibt, die mich daran erinnern.

Als wir fertig gegessen haben, fangen Brad und Ethan an, die Küche aufzuräumen. „Willst du etwas Wunderschönes sehen?", fragt mein Dad mich und ich zögere nicht lange und folge ihm durch das Wohnzimmer hinaus auf einen kleinen Balkon. Sobald ich draußen stehe, der Wind mein Gesicht umgibt und sich mir eine großartige Aussicht bietet, fange ich wieder an zu lächeln. „Das ist Hamburg", weist mein Vater unnötigerweise auf die Stadt hin, die man in der Ferne sehen kann. „Es ist wunderschön." „Das hast du schon als kleines Kind geliebt", lächelt Dad, „jedes Mal, wenn wir nach einer Ferienwohnung gesucht haben, hast du darauf bestanden, dass wir eine mit Balkon nehmen. Und dann hast du abends stundenlang auf dem Balkon verbracht. Als Brad und ich angefangen haben, nach einer gemeinsamen Wohnung zu suchen, war das mein einziges Kriterium. Ein Balkon." Eine Weile stehen wir schweigend da, bis ich merke, dass mein Vater angefangen hat zu weinen. „Die Höhe und die Weite haben mich schon immer fasziniert", fange ich an zu reden, nur um irgendetwas zu sagen. „Ich fand es erstaunlich, dass man hier oben stehen und alles überblicken kann, ohne dass das alles einen selbst sehen kann. Ich habe mir schon immer gerne überlegt, was die Menschen, die ich von oben beobachte, wohl gerade machen und denken. Jetzt frage ich mich bei jedem Einzelnen, woran er glaubt." „Wie meinst du das, woran er glaubt?", will mein Vater verwirrt wissen. „Das ist Ethans Theorie", erkläre ich lächelnd, „er meint, dass jeder Mensch seinen eigenen Glauben hat und mit diesem Glauben das Leben bewältigt. Und ich bin mir ziemlich sicher, dass er mit seiner Theorie Recht hat. Die Menschen können es nur dann schaffen, zu leben, wenn sie etwas haben, wonach sie sich richten können. Sozusagen eine Anleitung, nach der sie leben. Für manche ist das Gott, manche glauben an Karma oder Schicksal. Ich glaube an die Liebe. Ethan glaubt an sich und daran, dass er alles alleine und eigenständig schaffen muss." Verwundert schaut mein Vater mich an. Ich kann praktisch sehen, wie er über meine Worte nachdenkt und sie in sich aufsaugt. „In einem Punkt muss ich dir widersprechen, Delia", sagt er schließlich, „Ethan glaubt ganz sicher nicht an sich. Er glaubt an dich. Du bist alles, was sein Leben ausmacht." Jetzt bin ich diejenige, die erstaunt schaut und nicht mehr weiß, was sie sagen soll. Vielleicht hat mein Dad recht. Schließlich hat Ethan gesagt, dass er mich liebt. Aber bin ich wirklich so etwas wie seine Anleitung für das Leben? Kann es wirklich sein, dass jemand in mir den Sinn des Lebens sieht? Es ist seltsam, wie sehr ich gleichzeitig hoffe, dass es so ist, und so sehr hoffe, dass es nicht so ist. Ich will, dass Ethan mich liebt, wie keine andere. Aber ich will auf keinen Fall, dass er alles, was ihm wichtig ist, verliert, wenn ich sterbe. Ich frage mich, ob das, was ich hier tue, fair von mir ist. Wie kann ich ihn nur dazu bringen, mich zu lieben, wenn ich weiß, dass ihm diese Liebe in nur wenigen Wochen den größten Schmerz zufügen wird? Ich wünsche mir plötzlich, dass ich Ethan nicht erlaubt hätte, in mein Leben zu treten. Aber andererseits habe ich ihm die Chance gegeben abzuhauen. Er wollte diese Möglichkeit nicht annehmen. Er hat sich dazu entschieden, mich kennenzulernen. Der egoistische Teil in mir sagt, dass es seine eigene Schuld ist.

„Hey, Delia", werde ich von meinem Vater aus meinen Gedanken gerissen, „du bist das Beste, was ihm je passieren konnte. Er wird so froh sein, dass er dich gekannt haben durfte, auch nach deinem Tod. Er wird die Zeit mit dir niemals bereuen. Du hast alles richtig gemacht." Es ist, als hätte mein Vater meine Gedanken gelesen, und seine Worte tun mir unheimlich gut. Durch sie gelingt es mir, mein schlechtes Gewissen wegzudrängen, bis es fast gar nicht mehr da ist. „Danke Dad." Ich lasse mich in seine Arme fallen und wieder wundere ich mich, dass ich nicht anfange zu weinen. Vielleicht bin ich stärker geworden und habe endlich akzep-

tiert, dass Weinen nichts bringt. Denn all die Tränen werden mich nicht von meinem Tumor heilen.
Und auch nicht von dem Schmerz, den ich empfinde, wenn ich mir klar mache, dass ich Ethan und
allen anderen Menschen, die ich liebe, wehtun
werde. Nichts kann mich mehr heilen. Es ist zu
spät.

An diesem Abend bitte ich meinen Vater, dass er
Emma, Tabea und Linus diesen besonderen Ort
zeigen wird. Ich glaube, auch ihnen würde die Aussicht von dem Balkon auf Hamburg gefallen und es
wird an der Zeit, dass vor allem Linus seinen Vater
richtig kennenlernt.

Delia

Kaum zu glauben wenn ein Traum endlich laufen lernt und fliegt, yeah.

Ganz schön okay, Casper

Am nächsten Tag stehen wir früh auf und machen uns auf den Weg zu Brads Segelflugplatz. Obwohl es noch so früh ist, sind schon viele Leute dort, die uns alle sofort herzlich begrüßen. Ethan nimmt meine Hand und gemeinsam schauen wir Brad und meinem Dad zu, wie sie das Flugzeug vorbereiten.

„Ich habe Höhenangst, das weißt du, oder?", fragt Ethan und schaut skeptisch in die Ferne, wo gerade ein Flugzeug startet. Ich fange an zu lachen, als ich seinen Blick sehe. „Nein, das wusste ich nicht", gebe ich zu, als ich mich wieder gefasst habe, „du kannst gerne unten warten, wenn du willst. Aber ich glaube, Brad würde dich nur zu gerne mitnehmen." Ich deute hinüber zu Brad, der ein breites Lächeln im Gesicht hat. Man sieht ihm und meinem Dad sofort an, dass sie hier überglücklich sind. Und heute werde ich ein Teil von ihrem Glück sein.

Vor Aufregung zitternd setze ich mich hinter meinen Vater in das Flugzeug und ziehe meine Mütze und Sonnenbrille auf. Obwohl es mittlerweile Sommer und relativ warm ist, besteht mein Vater auf der Mütze, denn er meint, dass ich diese nicht gegen die Kälte, sondern gegen die Sonne brauche. „Lass mein Mädchen bloß nicht abstürzen!", ruft Ethan meinem Dad zu. Wenn er nur das Lächeln sehen könnte, das ich nicht zurückhalten kann, sobald Ethan mich „sein Mädchen" nennt! „Keine Sorge, ich passe auf sie auf!"

Ich glaube, ich war noch niemals so glücklich, wie in dem Moment, als das Flugzeug langsam abhebt und ich Ethan, den niemand überzeugen konnte auch zu fliegen, zuwinke. Das hier ist alles, was ich je wollte: Menschen, die mich lieben, die ich liebe und ein wenig Abenteuer.

Während des gesamten Fluges kann ich nicht aufhören zu lächeln. Die Aussicht ist wundervoll. Doch das Unglaublichste an diesem Flug ist, dass er ohne Motor funktioniert. Es ist still um mich herum und das kommt mir vor wie ein kleines Wunder. Ich fühle mich befreit von allem, wie ein Vogel, so wie wir durch die Luft segeln.

Schweren Herzens sage ich meinem Vater und Brad auf Wiedersehen. Natürlich haben die beiden vor, bald wieder zu uns zu kommen, doch ich weiß nie, ob es für mich ein nächstes Mal geben wird.

Mama ist jedenfalls überglücklich, als sie mich wieder in ihre Arme schließen kann. Als ich sie auf der Rückfahrt einige Minuten lang ganz genau beobachte, merke ich, dass sich etwas an ihr verändert hat. Ihre Augen strahlen praktisch und sie summt die Lieder aus dem Radio, die sie kennt, gedankenverloren mit. Doch ich beschließe, sie nicht danach zu fragen, was mit ihr los ist, denn ich bin mir sicher, dass sie es uns bald erzählen wird.

Cara

Wo ist die Zeit nur geblieben, die wir Tag um Tag vor uns herumschieben?

Unbekannt

Endlich klingelt die Glocke und die Klasse beginnt, sich zu leeren. Dieser letzte Schultag vor den Ferien hat sich besonders lange hingezogen. Gemeinsam mit Rebecca und Eva verlasse ich den Klassenraum und fühle wieder einmal die Leere in mir. Es ist Delia, die fehlt.

Heute ist ein sonniger und warmer Tag und Rebecca und Eva beschließen, noch in die Stadt zu gehen. Doch ich höre bei ihrer Diskussion, ob wir in die Eisdiele oder zur Pommesbude gehen, nicht wirklich zu. Meine Gedanken sind schon wieder bei Delia. Jetzt ist es August. Es sind nun fast fünf Monate her, seit sie ihre Krebsdiagnose bekommen hat. Weit über die Hälfte der Zeit, die ihr zugesprochen wurde, ist schon vergangen. Das einzige, was ich immer wieder denken kann ist, dass es zu schnell geht.

„Hey, wie wäre es, wenn wir heute Abend mit Delia zum Chinesen gehen? Es ist lange her, dass wir alle zusammen dort waren", unterbreche ich Rebecca und Eva, die nun mitten auf der Straße stehen geblieben sind, weil sich der Weg zur Eisdiele und Pommesbude hier trennt und sie sich immer noch nicht geeinigt haben. Schnell laufe ich zu ihnen auf die Straße, ziehe sie mit mir auf den Bürgersteig und winke dem wild hupenden Autofahrer, der ihretwegen anhalten musste, entschuldigend zu. „Klar, gerne." Rebecca ist sofort begeistert von meinem Vorschlag, während Evas Antwort zögernd ausfällt. Sie ist diejenige von uns, die sich seit Delias Krebsdiagnose am wenigsten mit ihr getroffen hat. Ich muss sogar überlegen, um mich an überhaupt einmal zu erinnern, wo die beiden sich gesehen haben. „Du hast sie das letzte Mal im Krankenhaus gesehen, als wir sie zu dritt besucht haben, oder?" Eva nickt. „Ich komme einfach nicht mit der Situation klar", gibt sie dann flüsternd zu, „ich kann nicht einfach wie ihr an Delias Bett sitzen und ihren Kopf anschauen, auf dem keine Haare mehr sind und ihr beim Reden ins Gesicht schauen, das so eingefallen aussieht, seit sie jeden Tag immer mehr abnimmt. Ich habe Angst davor, dass sie sauer ist, weil ich sie einfach nicht normal behandeln kann, aber das kann ich wirklich nicht." Ich sehe, wie sich Tränen in Evas Augen sammeln und nehme sie daraufhin vorsichtig in den Arm. „Das verstehe ich nur zu gut. Und ich bin mir sicher, dass auch Delia das verstehen kann. Was sie aber nicht verstehen kann ist, dass du sie, ohne einen wirklichen Grund genannt zu haben, ignorierst. Bitte rede einfach mit ihr." Eva nickt zögernd. „Ich werde es heute Abend versuchen." Tapfer versucht sie sich die Tränen aus den Augen zu wischen und mir wird klar, dass nicht nur Delia zu kämpfen hat. Wenn jemand im Sterben liegt, dann leiden auch, oder vielleicht sogar vor allem, die Angehörigen des Sterbenden.

Delia reagiert erfreut, als ich kurz bei ihr vorbei komme, um ihr zu sagen, dass wir heute zusammen essen gehen. Natürlich ist Ethan wieder bei ihr. Für mich wäre es keine Überraschung, wenn er demnächst in Delias Zimmer einziehen würde. Doch mittlerweile freue ich mich jedes Mal für Delia und Ethan, wenn ich sie gemeinsam sehe. Ich freue mich darüber, dass sie so etwas wie wahre Liebe fühlen dürfen, auch wenn es nur für eine kurze Zeit sein wird.

Ethan und ich vertragen uns jetzt besser. Manchmal ist es fast so, als könnten wir ganz normal miteinander umgehen und vielleicht sogar Freunde werden, doch dann frage ich mich, ob er nicht nur Delia zuliebe nett zu mir ist.

Jedenfalls wundere ich mich jedes Mal wieder, wie aus einem Typen wie Ethan, der ein typischer „Badboy" gewesen ist, jemand so Sanftes und Romantisches werden konnte. Denn das ist der Ethan, der mir bei Delia begegnet.

Es ist fast wie früher, als wir zu viert an unserem Stammtisch sitzen und immer wieder aufstehen, um uns etwas zu essen von dem köstlichen Buffet zu holen. Wir lachen mehr, als wir uns unterhalten. Doch man sieht Delia eindeutig an, dass sie starke Schmerzen hat, und schon nach wenigen Bissen legt sie ihr Besteck neben den Teller und fängt nicht wieder an zu essen. Niemand drängt sie dazu, mehr zu essen, aber ich bin mir sicher, dass alle die Tatsache bemerkt haben, dass Delia nicht wie sonst das halbe Buffet alleine verputzt.

Irgendwann fragt Eva Delia, ob sie mit auf die Toilette kommt, ein Platz, an dem wir schon oft wichtige Dinge besprochen haben, und als die beiden wiederkommen, sehe ich, dass sie geweint haben. Doch jetzt scheint zwischen ihnen endlich alles in Ordnung zu sein.

Letztendlich ist der Abend wunderschön. Doch was mich stört ist, dass es sich wie ein Abschied

anfühlt. Als wäre es das letzte Mal, dass wir hier zusammen sitzen können und einfach nur leben.

Delia

And in the end it's not the years in your life that count, but the life that we put in the years.

Abraham Lincoln

Nach dem Abend mit Rebecca, Eva und Cara bin ich so erschöpft, wie schon lange nicht mehr. Doch es ist ein gutes Erschöpftsein. Es ist, als hätte ich eine lange Wanderung hinter mir, um nun endlich am Gipfel des Berges angekommen zu sein, um dort zu verschnaufen und die Aussicht zu genießen. Vielleicht ist das mit dem Leben genauso. Vielleicht bin ich jetzt am Gipfel angekommen und habe alles, was das Leben für mich bestimmt hat, auf dem Weg nach oben erlebt. Gutes wie Schlechtes. Jetzt kann ich die Aussicht genießen, während ich langsam, fast ohne es zu bemerken oder zu wollen, wieder hinab steigen muss. Manchmal falle ich dabei und tue mir weh. Das sind die Momente, in denen ich Schmerzen habe. Aber manchmal finde ich ein Gänseblümchen am Wegesrand und bin einfach nur überglücklich. Das sind die Momente, in denen ich mit Ethan, meiner Familie oder meinen Freunden zusammen bin. Doch egal wie sehr ich das Gegenteil versuche, die Wanderung wird bald zu Ende sein. Ich kann die Aussicht nicht länger genießen, das Leben nicht anhalten und sagen, hier möchte ich jetzt stehen bleiben. Meine Krankheit macht mir das unmöglich.

Ich denke an diesem Abend außerdem über Eva nach, die mir heute erklärt hat, warum sie Angst davor hat, mich zu treffen. Ich bin mir sicher, sie hat nie jemandem davon erzählt, dass sie als kleines Kind auch Krebs hatte und nun, sobald sie mich sieht, daran erinnert wird. Das macht mich unsicher. Ich frage mich, ob ich nicht Cara davon erzählen sollte, damit Eva mit ihren Ängsten, dass der Krebs auch bei ihr zurückkommt, nicht alleine ist. Andererseits habe ich ihr versprochen, niemandem davon zu erzählen.

Diese Frage lässt mich irgendwann in einen unruhigen Schlaf gleiten.

Ich wache von Schmerzen auf. Ich bin es so leid, dass sie immer wieder auftauchen. Am liebsten würde ich in diesen Momenten aus meinem Körper herausschlüpfen. Dieses Mal sind die Schmerzen noch schlimmer als sonst. Ich kann nicht schreien. Aber ich will nicht alleine sein. Ich schaffe es geradeso, an mein Handy zu kommen, und drücke einfach auf Wahlwiederholung, ohne zu wissen, wen ich anrufe.

Natürlich ist es Ethan. Als ich auf seine Rufe nicht antworte, verspricht er, sich sofort auf den Weg zu mir zu machen. Vielleicht spürt er schon, wie schlecht es mir geht.

Mit einem schmerzhaften Ruck kotze ich das Essen von gestern Abend aus. Ich frage mich, warum Mama nicht wach wird und zu mir kommt, um mir zu helfen, doch dann bemerke ich, dass es draußen schon hell ist und sie bestimmt schon zur Arbeit gefahren ist.

Es fühlt sich an wie eine Ewigkeit, bis Ethan endlich da ist. Zum Glück hat er einen eigenen Schlüssel, denn ich würde es in meinem Zustand wirklich nicht bis hinunter zur Haustür schaffen.

Er weiß, dass er nicht viel tun kann, um mir zu helfen. Doch er bemüht sich. Ohne zu zögern wischt Ethan die Kotze vom Boden, zieht mir ein frisches Shirt an, bringt mir ein Glas Wasser und trägt mich vom Boden, von dem ich wirklich nicht weiß, wie ich dorthin gekommen bin, auf mein Bett. Dann legt er sich neben mich und nimmt meine eiskalten Hände in seine warmen.

„Es tut mir leid", sage ich als erstes, als der Schmerzanfall schließlich langsam zu Ende geht, „ich wollte doch nicht mehr, dass du mich so siehst. Aber ich brauche dich einfach zu sehr." Ethan schüttelt den Kopf. „Delia, wann verstehst du endlich, dass ich immer für dich da bin und dass du dich nicht bei mir zu entschuldigen brauchst." Er küsst mich erst auf die Stirn und dann auf den Mund und wie jedes Mal, wenn er das tut, vergesse ich für einen Augenblick alles um mich herum.

Nachdem wir noch eine Weile so im Bett gelegen haben, beschließt Ethan, dass es an der Zeit ist, einen weiteren Punkt meiner Liste zu erfüllen. Zögernd reiche ich sie ihm und für einen Moment sehe ich den Schock in seinen Augen, der auch mich getroffen hat, als ich gestern Abend meine Liste angesehen habe. Es sind nur noch vier Punkte offen: Nachts schwimmen gehen, Horrorfilm im Kino gucken, Tequila trinken und Blaubeeren pflücken. Ich sehe, dass Ethan genau dasselbe denkt wie ich. Wir haben fast alles gemacht, was ich mir gewünscht habe, doch das bedeutet gleichzeitig, dass meine Zeit fast abgelaufen ist.

„Wie wäre es mit dem Horrorfilm? Ich habe zwar noch nicht genau verstanden, wieso du den gucken willst, aber dafür musst du dich nicht groß anstrengen. Das ist vielleicht besser für heute." Ich merke, wie Ethan versucht, seine Stimme glücklich klingen zu lassen, doch er kann seine Gefühle vor mir nicht verstecken. Ich spüre, wie traurig er in diesem Moment ist.

Vorsichtig nehme ich seine Hand und führe ihn aus dem Haus. „Lass uns in das nächste Kino gehen.

Dann zeige ich dir, was ich vorhabe." Grinsend ziehe ich ihn mit mir.

Ethan schaut mich ein bisschen erstaunt an, als ich mit Karten für die erste Reihe von der Kasse zurückkomme, doch er folgt mir wieder wortlos in den Kinosaal.

Erst, als ich ihn bei einer besonders gruseligen Stelle antippe und ihm bedeute, sich nach hinten umzudrehen, versteht er, was ich vorhabe. Die Gesichter der Menschen hinter uns sind zu ängstlichen Grimassen verzogen und Ethan und ich können uns beide das Lachen nicht verkneifen.

Ich habe mir schon so lange vorgenommen das zu tun, dass ich noch nicht einmal mehr weiß, wie ich darauf gekommen bin. Aber es ist besser, als ich es mir erhofft hatte. An jeder gruseligen Stelle blicken Ethan und ich uns um und jedes Mal scheinen die Gesichter der anderen Menschen lustiger zu werden. Irgendwann fange ich so sehr an zu lachen, dass ein Angestellter des Kinos zu uns nach vorne kommt und uns bittet zu gehen. Ethan will ihm schon widersprechen, als ich ihm zu vorkomme. „Ich habe Krebs. Das hier wird wahrscheinlich der letzte Horrorfilm sein, den ich je zu sehen bekomme. Und ich glaube nicht, dass ich ein Schild hier gesehen habe, auf dem steht, dass Lachen verboten ist. Gönnen sie mir doch bitte diese paar Minuten, in denen ich glücklich sein kann." Der Mann schaut mich erschrocken an und verschwindet dann, ohne noch ein Wort zu sagen. Sein Gesichtsausdruck bleibt für den Rest des Filmes der lustigste und Ethan und ich können gar nicht mehr aufhören darüber zu lachen.

Als ich die Haustür aufschließe und in den Flur komme, merke ich sofort, dass irgendetwas anders ist. Erst komme ich nicht darauf was, doch dann fallen mir die Männerschuhe auf, die ordentlich neben denen meiner Mama stehen. Ich stutze, dann macht sich ein merkwürdiges Kribbeln in meinem Bauch breit, das nichts mit meinem Tumor zu tun hat. Ist das hier etwa der Grund, warum Mama in letzter Zeit so glücklich ist? Ich habe noch nie mehr darauf gehofft, dass ich Recht habe. Und tatsächlich: Als ich die Küche betrete, sitzt Mama gemeinsam mit einem blonden, gutaussehenden Mann am Küchentisch. Als sie mich sieht, schaut sie erst ein wenig geschockt und ängstlich drein. Doch als sie mein breites Lächeln bemerkt, versteht sie, dass ich mir nichts sehnlicher gewünscht habe, als dass sie einen Mann findet, den sie liebt. Jetzt lächelt auch sie. „Ich bin Henry", stellt sich der Freund meiner

Mama vor, nachdem er einen Blick mit ihr gewechselt hat. „Freut mich, dich kennenzulernen. Ich bin Delia", gebe ich zurück und als Henry mich liebevoll lächelnd anschaut, weiß ich sofort, dass ich ihn gerne mögen werde.

Nachdem wir einige Minuten redend am Tisch gesessen haben, weiß ich, dass Henry Polizist ist und Mama ihn schon vor vielen Jahren kennengelernt hat, als sie irrtümlicherweise festgenommen wurde. Mama, damals eine junge Studentin, fuhr genau dasselbe Auto wie ein Mann, der Fahrerflucht begangen hatte. Sie ist in totale Panik ausgebrochen, als sie in Handschellen gelegt wurde. Henry glaubte sofort an ihre Unschuld und versuchte seine Kollegen davon zu überzeugen und Mama gleichzeitig zu beruhigen. Schließlich kam Mama aus dem Gefängnis, sah Henry aber nie wieder. Vor einigen Wochen haben die beiden sich dann in einem Café zufällig wieder getroffen und sofort erkannt.

Schließlich lasse ich die beiden alleine in der Küche und falle müde in mein Bett. An diesem Abend schlafe ich überglücklich ein, denn jetzt kann ich mir endlich sicher sein, dass auch für Mama jemand sorgen wird, wenn ich nicht mehr da bin. Henry wird sich um sie kümmern.

Ich verschlafe fast den gesamten nächsten Tag und bin trotzdem noch müde, als Emma und Tabea mich schließlich zum Abendessen wecken. Mama meint, dass das nicht normal sein kann, und möchte unbedingt mit mir ins Krankenhaus fahren, doch ich weigere mich. Ich habe Angst, dass ich, wenn ich einmal im Krankenhaus bin, nie wieder rauskomme. Die Chemotherapie einmal die Woche reicht mir völlig. Also fange ich an, mit Mama zu diskutieren, was schließlich in einen großen Streit ausartet. Irgendwann, als ich es nicht länger schaffe zu brüllen, laufe ich aus dem Haus und knalle die Tür hinter mir zu. Ohne zu wissen, wohin ich überhaupt will, laufe ich durch die Straßen, bis ich mich schließlich hinsetzen muss.

Nur wenige Minuten später setzt sich Ethan neben mich. „Deine Mama macht sich große Sorgen", erklärt er mir und legt mir einen Arm um die Schultern. Ich erzähle Ethan von unserem Streit und davon, dass ich doch selbst bestimmen will, wo ich die letzten Tage meines Lebens verbringe. Dieser Ort soll sicher nicht das Krankenhaus sein. Jedenfalls noch nicht. Noch muss ich nicht an Schläuchen gebunden im Bett liegen und rund um die Uhr überwacht werden. Als Ethan sich mein Jammern angehört hat und mich einfach nur tröstend in den Arm nimmt, genau das, was ich jetzt brauche, danke ich meiner Mutter im Stillen, dass sie Ethan geschickt hat. Sie wusste genau, dass ich ihn in dieser Situation brauche. Ich weiß, wieviel Kraft es sie kostet, Ethan in meinem, jetzt nur noch so kurzen, Leben zu akzeptieren. Sie hätte mich lieber für sich alleine. Was natürlich nicht heißt, dass sie sich nicht für mich freuen würde. Ganz im Gegenteil.

„Ich finde, es ist an der Zeit, dass du Tequila probierst", schlägt Ethan vor und hält mir eine Hand hin. Lächelnd ergreife ich sie. Tequila ist genau das, was ich jetzt brauche. „Aber wir müssen richtig Tequila trinken. Mit Zitrone und Salz", fordere ich und richte mich, langsam, damit mir nicht schwindelig wird, auf. „Klar", lacht Ethan, „erst das Salz von den Fingern lecken, dann den Tequila trinken und hinterher in die Zitrone beißen."

Als wir in einer Kneipe angekommen sind und Ethan zwei Tequila bestellt, schaut die Kellnerin mich skeptisch an. „Sind sie schon volljährig?" Ich beschließe, wieder den Krebsbonus auszuspielen. „Äh nein. Aber mir bleibt etwa noch so viel Lebenszeit wie einer 100-jährigen. Also finde ich, dass ich vor meinem Tod wenigstens Tequila probiert haben sollte." Zur Veranschaulichung ziehe ich ganz wie nebenbei die Mütze ab, die ich mittlerweile fast immer trage, sodass die Kellnerin meine Glatze sehen kann. Und genau, wie ich es erwartet habe, zieht diese kleine Geste auch hier. Die Kellnerin verschwindet hinter der Theke und kommt wenig später mit zwei kleinen Gläsern, zwei Zitronen und etwas Salz zurück. „Also dann, prost!", nicke ich Ethan zu und fange an, das Salz auf meiner Hand zu verteilen und abzulecken. Dann kommt der Tequila. Ich beschließe ihn auf Ex zu trinken und das stellt sich als eine gute Idee heraus. Hätte ich vorher auch nur daran gerochen, hätte ich keinen Schluck von dem Schnaps runterbekommen. Er schmeckt wie Benzin. Hilfesuchend blicke ich mich nach der Zitrone um und die Säure verscheucht glücklicherweise einen Großteil des Tequilageschmacks. Trotzdem bleibt ein warmes, brennendes Gefühl in meinem Hals und Bauch zurück. „Uhh", ich schüttele mich, „das war ekelhaft." Ethan fängt an zu lachen und hört damit auch erst einmal nicht mehr auf. Schließlich falle ich mit in sein Gelächter ein. „Wie wäre es, wenn wir dir jetzt noch etwas Leckeres bestellen?", schlägt Ethan schließlich vor und wenig später kommt die Kellnerin mit zwei Gläsern Jack Daniels gemischt mit Cola zurück. Dieses Mal rieche ich erst skeptisch an dem Getränk, während Ethan sofort einen großen Schluck nimmt. Der Geruch überzeugt mich, und als ich das Getränk probiere, ist es süß und sehr lecker. „Viel besser", sage ich und nehme gleich noch einen Schluck. Ich habe noch nie im meinen Leben viel Alkohol auf einmal getrunken. Aber einmal in seinem Leben sollte man besoffen gewesen sein, oder? Also trinke ich weiter, bestelle immer wieder neuen Jack Daniels. Irgendwann wird mir ein wenig schwindelig und die Welt kommt mir irreal vor. Ich merke, dass ich ziemlichen Quatsch rede, aber ich kann mich selbst nicht stoppen. Und das ist mir in dem Moment auch ziemlich egal. „Lass uns tanzen", überzeuge ich Ethan irgendwann, der einige Minuten später lachend mit mir im Kreis herumwirbelt. Als ein langsames Lied kommt, zieht er mich eng an sich und küsst mich dann sanft. Ich würde am liebsten die Zeit anhalten. Als Ethan „Ich auch" antwortet, wird mir klar, dass ich meine Gedanken gerade laut ausgesprochen habe. Verdammt, ich bin wirklich voll. Aber naja. Es ist ein ganz gutes Gefühl zu wissen, dass man nichts mehr unter Kontrolle hat. Für einen Moment lang muss ich mich nicht dazu zwingen, zu kämpfen und vernünftig zu sein. Jetzt bin ich nur eine gewöhnliche, besoffene Jugendliche.

Als wir die Kneipe etwas später verlassen, dreht sich in meinem Kopf immer noch alles im Kreis. Oder bin ich das, die sich hier mitten auf der Straße mit ausgestreckten Armen und Gesicht zum Sternenhimmel um sich selbst dreht? Ups, ich glaube schon. „Komm her." Ethan legt einen Arm um mich und führt mich langsam durch die Nacht, und als mir kalt wird, gibt er mir seine Jacke. „Alles klar?", fragt er mich besorgt, als ich stolpere und dabei fast hinfalle. „Ja. Du bist doch da. Du hältst mich doch." Schon wieder etwas ziemlich Dummes, was ich an diesem Abend sage. Doch Ethan lächelt. „Du hast Recht. Ich werde immer da sein und dich halten." Ich spüre selbst in meinem besoffenen Zustand seine Trauer, als ihm klar wird, dass es andersherum nicht so sein wird. „Du musst weiterleben Ethan." Ich bleibe plötzlich stehen und versuche ihn ernst anzuschauen. Wenn mir nur nicht so furchtbar schlecht wäre. „Ich würde es nicht ertragen, wenn du den Rest deines Lebens um mich trauern würdest. Und komm ja nicht darauf, dich umzubringen. Du musst weiterleben." Obwohl ich das mit dem Umbringen nicht ernst gemeint habe, merke ich an Ethans betroffenem Schweigen, dass er diese Möglichkeit wirklich in Betracht gezogen hat. Und das ist der Moment, dort betrunken mitten auf der Straße, in dem mir klar wird, wie sehr Ethan mich lieben muss. Und wie sehr ich ihn liebe. Doch bevor ich auf ihn zukommen kann, um ihn zu küssen, übergebe ich mich mitten auf den Bürgersteig. Tja, jetzt bereue ich es, so viel getrunken zu haben.

Cara

Niemand weiß, was der Tod ist, ob er nicht für den Menschen das größte ist unter allen Gütern. Sie fürchten ihn aber, als wüßten sie gewiß, daß er das größte Übel ist.

Platon

Als Delias Mama mich an diesem Abend anruft, kriege ich erst einen riesengroßen Schock. Dann sage ich mir, dass Delia noch nicht tot sein kann. Vor kurzem saßen wir doch noch zusammen beim Essen. Ich nehme das Gespräch mit zitternden Fingern an. „Cara, bist du das?", meldet sich die Stimme von Delias Mama. Ich nicke so lange, bis ich merke, dass sie das ja nicht sehen kann. „Ja. Ich bin es. Ist irgendetwas passiert?" „Nein, also ja." Grace klingt total panisch und das gibt mir einen Grund zu glauben, dass Delia noch am Leben ist. Sonst könnte ihre Mutter keine Angst mehr um sie haben. „Beruhige dich", sage ich und meine damit sowohl Grace als auch mich. Und es hilft tatsächlich. Ich schaffe es, mich ruhig auf mein Bett zu setzen, und Grace fängt an, mir zu erzählen, wie sie sich heute Abend mit Delia gestritten hat und davon, dass sie möchte, dass Delia ins Krankenhaus geht. „Ich sehe doch, wie es ihr immer schlechter geht. Sie braucht stärkere Schmerzmittel und eine Betreuung rund um die Uhr. Bis es ihr wieder ein wenig besser geht." Ich schweige kurz. Ich weiß genauso gut wie Grace, dass es ihr auch nach einem Krankenhausaufenthalt nicht besser gehen wird. Und ich verstehe sowohl Delia als auch Grace. Delia will nicht ins Krankenhaus, weil sie weiß, dass sie dort nie wieder rauskommen wird. Grace macht sich Sorgen, dass sie Zuhause viel früher sterben könnte, als mit ärztlicher Betreuung. „Wie wäre es, wenn du ihr noch zwei weitere Wochen gibst, die sie Zuhause verbringt?", schlage ich schließlich vor, „außerdem solltest du Ethan anrufen und ihm sagen, dass Delia irgendwo draußen herum läuft. Er wird sie finden und ich glaube, dass sie gerade nur von ihm gefunden werden will." Grace verspricht mir, beide meiner Ratschläge anzunehmen. Ich lege auf und breche weinend auf dem Bett zusammen. Doch das war noch lange nicht das schwierigste Telefonat meines Lebens. Das schwierigste wird es sein, wenn Grace Stimme unendlich traurig aus dem Telefon zu hören sein wird.

Delia

Der Tod ist gewissermaßen eine Unmöglichkeit, die plötzlich zur Wirklichkeit wird.

Johann Wolfgang von Goethe

Ich wache mit Kopfschmerzen auf. Erst wundere ich mich, wieso ich noch halb angezogen in meinem Bett liege, doch dann fällt mir der gestrige Abend wieder ein. Ich stöhne. Doch als ich merke, dass Ethan neben mir liegt, fange ich sofort an zu lächeln. Er zieht mich an sich und gemeinsam bleiben wir noch eine Weile im Bett liegen, bis das trockene Gefühl in meinem Mund nicht mehr auszuhalten ist. „Ich brauche Wasser", krächze ich und mache Anstalten aufzustehen, um in die Küche zu laufen, doch Ethan kommt mir zuvor und kehrt nach wenigen Minuten nicht nur mit Wasser, sondern auch mit einem Tablett voller Essen wieder. „Das ist von deiner Mama. Sie hat auch einen Zettel dazu gelegt." Ich greife nach der kleinen Notiz, auf der steht, dass sie schon zur Arbeit musste, mich lieb hat und heute Abend mit mir reden will. Ich bereue sofort alles, was ich ihr gestern an den Kopf geworfen habe, und mir wird klar, dass ich ziemlich unfaire Sachen gesagt habe. Wie zum Beispiel „Du willst mich doch nur loswerden" oder „Vielleicht sollte ich einfach direkt sterben". „Jetzt warst du das erste Mal betrunken", versucht Ethan mich lächelnd aufzumuntern, als er merkt, dass ich traurig bin. „Ja. Eine Erfahrung, auf die ich im Nachhinein gerne verzichten würde. Ich fühle mich, als wäre ich von einem Auto überfahren worden." Ethan lacht. „Gestern warst du aber ganz glücklich", neckt er mich. Ich versuche mich an Details zu erinnern und es tauchen Bilder vom Tanzen und vom Sternenhimmel in meinem Kopf auf. Und natürlich von Ethan. Er ist derjenige, der jede Sekunde in meinem Kopf ist. Wenn ich aufwache, ist er mein erster, und wenn ich einschlafe, mein letzter Gedanke. Nachts träume ich fast nur von ihm. Fast wünsche ich mir, dass es nicht so etwas wie ein Leben nach dem Tod gibt. Dort würde ich Ethan zu sehr vermissen. Lieber wäre es mir, wenn ich nichts davon mitbekommen würde, wenn ich sterbe und Ethan nicht mehr da ist.

Außerdem erinnere ich mich an einige Wortfetzen. Ich habe Ethan gesagt, dass er weiter leben soll. Glücklich. Auch ohne mich. „Das, was ich gestern gesagt habe, war mein voller Ernst. Das weißt du oder?" Ich sehe Ethan an, dass er sofort weiß, was ich meine. „Ja. Das weiß ich", beruhigt er mich schließlich mit fester Stimme, „aber das wird verdammt schwer für mich sein." Ich blicke ihm tief in die Augen. „Ich weiß. Und ich wünschte, das wäre es nicht. Aber du wirst es schaffen, Ethan.

Weil das mein letzter Wunsch ist." Ich beuge mich zu ihm herüber und küsse ihn erst vorsichtig, dann immer intensiver. Er erwidert meinen Kuss und wieder einmal fühle ich mich wie das glücklichste Mädchen auf der ganzen Welt. „Ich glaube, du weißt gar nicht, wie sehr ich dich liebe", flüstert Ethan. Doch in diesem Moment spüre ich seine Liebe so sehr, dass es mir nicht schwerfällt, seinen Worten zu glauben.

Wir bleiben den ganzen Tag im Bett liegen. Abends, als Mama mit Emma, Tabea und Linus wieder nach Hause kommt, ziehe ich mir jedoch frische Klamotten an und bereite mich innerlich auf das Gespräch vor, was ich nun mit ihr führen muss. „Soll ich mitkommen?", bietet Ethan an, doch ich schüttele den Kopf. Das ist eine Sache, die ich alleine schaffen muss. „Ich schicke dir Emma, Tabea und Linus hoch, wenn das für dich okay ist. Dann können wir ungestört reden." Ethan nickt. „Klar, mach das."

Wenig später sitze ich meiner Mutter am Küchentisch gegenüber. Wir wissen beide nicht so recht, wie wir anfangen sollen. Doch schließlich bricht einfach alles aus mir heraus. Ich sage ihr, wie leid es mir tut, was ich zu ihr gesagt habe, dass ich sie sehr gut verstehen kann und dass sie aber auch versuchen soll, mich zu verstehen. Sie erklärt mir, dass auch sie mich verstehen kann. „Es ist nur so, dass ich arbeiten muss. Ich kann leider nicht bei dir sein und dich ins Krankenhaus bringen, sobald es dir noch schlechter geht. Ich würde mich einfach sicherer fühlen, wenn du dort wärst. Außerdem würdest du mehr Schmerzmittel bekommen können und so weniger leiden müssen. Und ich hatte das Gefühl, dass du ganz glücklich gewesen bist, als du das letzte Mal dort warst." Als sie das sagt, merke ich, dass sie recht hat. Ich habe mich im Krankenhaus schon fast wie zu Hause gefühlt. Vielleicht liegt es daran, dass ich dort nicht die einzige Kranke bin. Alle sind im Krankenhaus in einer ähnlichen Situation wie ich. Außerdem muss ich mir keine Sorgen mehr machen, dass meine Mama sich zu viele Sorgen macht, wenn sie mich leiden sieht. Auch die Schmerzmittel klingen in meinen Ohren wie ein willkommenes Geschenk. „Wie wäre es, wenn wir einen Kompromiss machen", redet Mama weiter, „du darfst noch zwei Wochen hier bleiben, solange es dir nicht schlechter geht und immer jemand von deinen Freunden bei dir ist, wenn ich nicht da bin. Wenn du möchtest, kann ich auch deinen Vater und Brad für ein Wochenende einladen. Aber wenn sich dein Zustand nach diesen zwei Wochen nicht verbessert hat, dann fahren wir ins Krankenhaus." Ich nicke. „Danke. Das ist eine sehr gute Idee." Ich lasse mich in Mamas Arme fallen und wünsche mir für einen Moment wieder ein kleines Kind zu sein, das sich um nichts und niemanden Gedanken machen muss. „So und jetzt lauf schon. Ich weiß doch ganz genau, dass dein Freund oben auf dich wartet." Ich werde rot und mache mich auf den Weg in mein Zimmer, nachdem ich meine Mama noch ein letztes Mal an mich gedrückt habe. Als ich im Flur an unserem großen Spiegel vorbeikomme, erschrecke ich mich über mich selbst. Ich sehe nicht mehr aus wie ein Mensch, sondern eher wie ein Geist, so abgemagert und blass wie ich bin. Meine Augen sind von schwarzen Ringen unterlaufen und meine Wangen eingefallen. Ich verstehe plötzlich, warum meine Mama sich so sehr um mich sorgt. Ich sehe aus, als wäre ich schon tot.

Am nächsten Morgen beschließen Ethan und ich, einen weiteren der Wünsche von meiner Liste zu erfüllen. Es stehen nur noch zwei Sachen auf dem Zettel, den ich, wie es mir vorkommt, vor Jahren geschrieben habe. Es ist so viel passiert seit meinem ersten Krankenhausaufenthalt. Ich habe meinen Vater gefunden, mich mit ihm vertragen und sogar seinen Freund kennengelernt. Ich habe viel Zeit mit meiner Familie verbracht und Mamas Freund

Henry getroffen. Ich habe viele Dinge zusammen mit Cara, Rebecca und Eva unternommen. Vor ein paar Tagen habe ich meine Großeltern besucht. Ich habe gelernt, mit Trauer und meiner Krankheit umzugehen und viele wunderbare Menschen auf diesem Weg getroffen. Wie zum Beispiel Marina. Und vor allem habe ich in Ethan meine große Liebe gefunden und eine unbeschreibliche Zeit mit ihm verbracht. Er hat mich dazu gebracht, mich selbst als etwas Wertvolles zu betrachten und mir mit seiner Art und Weise, wie er mit mir umgeht, so viel Selbstvertrauen geschenkt. Mehr könnte ich mir nicht wünschen.

Ich entscheide mich für das „Blaubeeren auf einem Berg pflücken", denn um nachts schwimmen zu gehen, der einzige andere noch zu erfüllende Wunsch, ist es heute eindeutig zu kalt. Wenig später machen Ethan und ich uns auf den Weg zu einem größeren Berg in der Nähe.

Keuchend bleibe ich wieder stehen und mir wird klar, dass die Wünsche, die ich für am einfachsten gehalten habe, nicht erfüllbar sind. Ich werde diesen Berg niemals hinaufkommen, um dort Blaubeeren zu pflücken. Ich bin zu schwach. Ethan kommt zurück und stützt mich, so wie er es immer tut. „Es ist schon gut", flüstere ich außer Atem, „wir kehren um. Es ist schon gut." „Nein, das ist es nicht." Erschrocken von Ethans scharfem Tonfall zucke ich zusammen. „Ich habe dir versprochen, dass wir alles auf dieser Liste gemeinsam machen werden. Ich kann mein Versprechen wieder einmal nicht halten." „Ethan, du hast dein Versprechen gehalten. Du hast versprochen mich glücklich zu machen und das bin ich. Ich bin glücklicher, als ich es je vorher in meinem Leben war, und endlich habe ich das Gefühl, dass ich das Leben genutzt habe. Jeder Tag mit dir ist so, als würden alle Wünsche auf meiner Liste gleichzeitig erfüllt werden. Wir können Blaubeeren kaufen und sie aus der Verpackung essen. Solange du dabei bist, ist das mein größter Wunsch. Außerdem waren wir mit Marina Erdbeeren pflücken", füge ich noch hinzu, als Ethan nicht antwortet, „das war sogar noch besser als Blaubeeren." Ich höre Ethan lachen, doch Tränen laufen ihm über die Wangen, genau wie mir. „Ich bin es so satt, dass alles nur für eine kurze Zeit bleibt"; schreit Ethan. „Ich weiß", flüstere ich, „aber die Erinnerungen an unsere gemeinsame Zeit werden dir für immer bleiben. Sie werden auch dann noch da sein, wenn ich nicht mehr da bin." Ich umschlinge Ethan, der jetzt hemmungslos angefangen hat zu schluchzen, und dieses eine Mal bin ich diejenige, die ihn stützen muss und nicht andersherum. Ich drücke meine Stirn an seine. „Ich hätte niemals gedacht, dass mir ein Mensch so wichtig sein kann, wie du es jetzt für mich bist." Dann sind wir beide zu überwältigt von unseren Gefühlen, um noch mehr zu sagen. Aber in diesem Moment fühle ich so viel Liebe von ihm ausstrahlen, wie noch nie zuvor. Vielleicht ist er der Grund, warum ich überhaupt noch die Kraft gefunden habe, weiterzuleben. Er hat mir einen Rettungsring hingehalten, als ich dabei war zu ertrinken, doch ich habe stattdessen nach Ethan gegriffen, mich an ihm festgehalten, um nicht unterzugehen. Und jetzt werde ich ihn mit mir in die Tiefe reißen.

Die nächste Woche vergeht viel zu schnell. Ich treffe mich oft mit Cara und Ethan und manchmal auch mit Eva und Rebecca. Doch mit den beiden fühlt es sich nicht an, wie früher. Sie sind lieb zu mir, doch das zwischen uns ist eher Freundlichkeit als richtige Freundschaft.

Als die zweite der beiden Wochen anbricht, die mir noch zu Hause bleiben, kommt mein Vater zu Besuch. Wir verbringen viel Zeit gemeinsam, fahren mit Emma, Tabea und Linus in den Zoo und in einen Freizeitpark. Meine Geschwister lieben meinen Dad. Jedes Mal schafft er es, sie zum Lachen zu bringen und auch Brad, der wegen seiner Arbeit leider nur für einen Tag kommen kann, versteht sich gut mit den Dreien. Damit fällt eine weitere Last von meinen Schultern.

Als ich eines Abends in den Garten komme, sehe ich alle Menschen, die mir wichtig sind beim Grillen versammelt. Ein wenig traurig lächelnd überblicke ich die Szene, die sich vor meinen Augen abspielt, und mir wird klar, dass sie auch ohne mich klarkommen. Emma, Tabea und Linus turnen abwechselnd auf meinem Vater und Brad herum, die sich verliebt zulächeln. Hinter ihnen sehe ich Oma und Opa, die ihre Enkelkinder stolz betrachten. Mama liegt, die Augen geschlossen, in Henrys Armen, der ihr den Nacken massiert. Cara und Rebecca unterhalten sich kichernd und rösten sich Stockbrot über dem Feuer. Es wird für alle gesorgt sein, wenn ich weg bin. Niemand wird alleine mit seiner Trauer sein.

Doch plötzlich umarmt Ethan mich von hinten. So sehr ich es mir auch wünsche, er gehört nicht zu den anderen. Ich weiß, dass er nur wegen mir hier ist, auch wenn er Emma, Tabea und Linus in der letzten Zeit in sein Herz geschlossen hat. Ethan wird immer zu mir gehören, nicht zu meiner Familie. Vielleicht wird niemand für ihn da sein, wenn ich es nicht mehr bin. Ich denke an seine Familie, die ich noch niemals gesehen habe. Ethan hat mir nur wenig von ihnen erzählt, was daran liegt, dass er sich für sie schämt. „Ist alles in Ordnung bei dir?" Ethan schaut mir besorgt in die Augen und ich blicke traurig zurück. Ich will ihm sagen, dass jeder Mensch eine Familie braucht und ich mir sicher bin, dass er auch von seinen Eltern geliebt wird. Ich wünsche mir für ihn, dass er sich mit ihnen versöhnt. Doch ich fühle, dass ich zu schwach bin, um irgendetwas zu sagen. Deswegen nicke ich nur auf seine Frage. In diesem Augenblick entgleitet mir der Moment. Oder ich entgleite dem Moment. Ich sehe ein letztes Mal glücklich auf die Szene in unserem Garten, bevor ich meine Augen schließe. Es ist, als würde sich das Bild dieser glücklichen Menschen in meinen Kopf einbrennen. Mir wird klar, dass ich es nicht vergessen werde, so lange ich ein Bewusstsein habe, und das erleichtert mich. Ich spüre, wie ich auf der Erde aufkomme, und will plötzlich einfach nur noch, dass es vorbei ist.

Doch der Schmerz erinnert mich daran, dass ich noch lebe und Ethans Flehen hält mich davon ab, loszulassen. Also kämpfe ich. Wieder einmal. Ich schaffe es nicht, meine Augen zu öffnen. Dafür sind die Schmerzen einfach zu stark. Aber ich höre die Welt um mich herum. Höre die panischen Schreie meiner Mama, das Weinen von meinen Geschwistern, meine Großeltern, die versuchen sie zu beruhigen, Brad, der einen Krankenwagen ruft,

Mama, die sich schließlich schreiend einen Weg zu mir bahnt, Caras entsetztes Keuchen und Henry und meinen Dad, die in ihrer Panik lauthals darüber streiten, was zu tun ist. Nur Ethan ist ganz still geworden. Er hält mich in seinen Armen, drückt meine Hand und flüstert mir ins Ohr, dass ich leben werde. Dass die Schmerzen verschwinden werden, dass er für mich da sein wird. Dass er die Hoffnung auf ein Wunder nicht aufgegeben hat. Und dann, in der letzten Sekunde, die ich noch bei Bewusstsein bin, sagt er mir das, was mein Vater damals auf dem Balkon schon vermutet hat: „Ich glaube an dich, Delia. Ich glaube an dich.“

Ich schlage meine Augen auf und sehe Dunkelheit. Ich frage mich, ob das hier vielleicht der Tod ist. Doch dann fühle ich wieder dumpfen Schmerz in meinem Bauch. Wenn man tot ist, kann man nicht fühlen, oder? Also lebe ich. Für einen Moment stimmt mich diese Tatsache glücklich. Schließlich war das mein Ziel, oder? Möglichst lange am Leben zu bleiben. Als ich Erdbeeren rieche, fühle ich mich in der Zeit zurückversetzt. Nur, dass ich jetzt diejenige bin, die nur noch wenige Tage zu leben hat, wie Marina es damals war. Ich wünsche mir, dass ich genauso glücklich sterben kann, wie sie. Das ist mein letzter Wunsch auf dieser Welt. „Delia?“, höre ich eine flüsternde Stimme von der Tür. Ich versuche zu antworten, doch mein Hals ist ausgetrocknet und es kommt nur ein schwaches Krächzen heraus. Also winke ich mit einer Hand. Ethan schleicht sich leise zu meinem Bett und legt sich neben mich. „Eigentlich dürfte ich nicht hier sein. Es ist mitten in der Nacht. Wie geht es dir, mein Engel?" Ich überlege, ob er wohl meine Gedanken gelesen hat, denn schließlich habe ich Marina immer mit einem Engel verglichen. Vielleicht weiß Ethan von meinem Wunsch, so sterben zu wollen, wie sie. Wieder versuche ich, etwas zu sagen, als Ethan versteht und mir schnell ein Glas mit Wasser reicht. „Danke", sage ich und meine Stimme hört sich fast wieder normal an. Ich kuschele mich näher an Ethan. „Mir geht es erstaunlich gut", füge ich hinzu. Mir wird klar, dass die Ärzte mich mit einem Schmerzmittel vollgepumpt haben müssen. Das kann der einzige Grund sein, dass ich so wenig Schmerzen habe, wie in den ganzen letzten Wochen nicht mehr. Dann schweigen wir.

Irgendwann muss ich eingeschlafen sein, denn als ich meine Augen wieder aufschlage, liege ich alleine in meinem Krankenhausbett und die Sonne strahlt durch das Fenster. Ich fühle mich zwar schwach, habe aber zum ersten Mal seit langem wirklich Hunger. Ich meine mich zu erinnern, dass ich Erdbeeren gerochen habe, und finde kurz darauf eine ganze Box neben meinem Nachttisch. Lächelnd fange ich an zu essen.

„Du bist wach." Erschrocken zucke ich zusammen, als eine Krankenschwester mich anspricht. Ich erinnere mich an ihr freundliches Gesicht, muss jedoch auf das Namenschild schauen, denn ihren Namen weiß ich nicht mehr. Simone. „Guten Morgen", erwidere ich möglichst fröhlich. „Guten Morgen", erwidert sie lächelnd und fängt an, die üblichen Routineuntersuchungen, wie Blutabnehmen, durchzuführen. „Der Doktor wird bald zu dir kommen. Wenn deine Mama möchte, kann sie bei dem Gespräch dabei sein. Ich soll dir sagen, dass du sie anrufen sollst, sobald du wach bist." Lächelnd bedanke ich mich bei Schwester Simone und greife nach meinem Handy. Als ich mein Gesicht auf dem schwarzen Bildschirm gespiegelt sehe, halte ich jedoch inne. Die paar wenigen Haare, die schon nachgewachsen sind, sehen fettig aus und auch sonst fühle ich mich dreckig. Als ich bemerke, dass ich zu schwach bin, um alleine duschen zu gehen, rufe ich eine Schwester, die mir helfen muss. Dadurch fühle ich mich noch schwächer.

Nach dem Duschen geht es mir dann jedoch viel besser, und als eine Schwester in mein Zimmer kommt und mich fragt, ob ich mich dazu in der Lage fühle, Besuch zu empfangen, steigt meine

Laune, denn ich hoffe, dass es Ethan sein wird. Auch wenn er vor kurzem noch mit mir im Bett gelegen hat, vermisse ich ihn jetzt schon wieder. Im Nachhinein bin ich mir sogar gar nicht mehr sicher, ob Ethan tatsächlich hier war oder ich das nur geträumt habe. Doch als sich die Tür öffnet, ist es nicht Ethan, sondern ein großer Mann, der das Zimmer betritt. Ich brauche einen Moment, bis ich erkenne, dass es Mike, Marinas Vater, ist. „Ich habe gehört, dass du wieder im Krankenhaus bist." Er begrüßt mich mit einer herzlichen Umarmung und ich bin unglaublich froh, ihn lächelnd zu sehen. „Ja", gebe ich nur zurück, weil ich nicht weiß, was ich sonst sagen soll. „Ich wollte auch nicht weiter stören. Marina hat mir vor ihrem Tod nur noch etwas für dich gegeben. Sie sagte mir, dass es wichtig ist, dass du es in etwa fünf Monaten bekommst." Er reicht mir einen Zettel. „Wie du siehst, hast du die Erdbeeren schon erhalten." Er nickt lachend zu der fast leeren Packung hinüber. Als ich verstehe, dass auch die Erdbeeren ein Geschenk von Marina sind, stehen mir die Tränen in den Augen. Es fühlt sich wunderbar an, zu wissen, dass mein kleiner Engel an mich gedacht hat. „Vielen Dank", bringe ich schließlich hervor und umarme Mike noch ein letztes Mal, bevor er wieder aus dem Zimmer geht. Erst dann falte ich vorsichtig den Zettel auf, der mit gemalten Schmetterlingen und Blumen verziert ist.

Dazwischen steht ein kurzer Text in einer kindlichen Schrift. Mit vor Tränen nassen Wangen fange ich an zu lesen:

Liebe Delia,

wenn du diesen Brief bekommst, dann liegst du sicherlich wieder im Krankenhaus. Jetzt bleibt dir wahrscheinlich nicht mehr viel Zeit. Du wirst bald sterben. Doch ich bin mir sicher, dass du deine Zeit genutzt hast, wie ich es dir gesagt habe. Und ich bin mir auch sicher, dass du glücklich sterben wirst, weil ich das in deinen Augen lesen konnte. Du bist ein ganz besonderer Mensch, der ein glückliches Leben geführt hat. Aber Delia, irgendwann musst du loslassen. Irgendwann musst du die Schmerzen nicht mehr aushalten. Für niemanden. Nicht für Ethan, nicht für deine Mama. Auch bei mir hat es eine Weile gedauert, bis ich verstanden habe, dass ich loslassen kann. Dass das Leben mir nur noch Schmerzen bereitet und der Tod für mich die bessere Alternative ist. Du hast es mir gezeigt, indem du mir meinen letzten Wunsch erfüllt hast: das Erdbeeren pflücken. Und jetzt zeige ich dir, dass du bald bereit bist. Lass los und sei frei. Binde dich nicht an die Erde, wenn deine Wurzeln sich schon längst gelöst haben, nur weil die Vögel dann nicht mehr auf deinen Ästen sitzen können.

Ich hoffe wir werden uns im Himmel wiedersehen, Marina

Ich kann nicht aufhören zu schluchzen, als ich fertig gelesen habe. Irgendwann spüre ich, wie Ethan hereinkommt und mir den Zettel von Marina vorsichtig aus der Hand nimmt. „So schwer es mir fällt, das zu sagen Delia, Marina hat recht." Mit zitternder Stimme nimmt Ethan mich in den Arm. „Du sollst nicht leiden wegen mir. Es ist okay, wenn du loslässt." „Es ist nur so", versuche ich unter heftigem Schluchzern zu reden, „Ich habe mir immer gesagt, dass ich noch Zeit habe, dass ich noch lange leben werde und dass es noch nicht so weit ist. Dabei habe ich ganz verdrängt, was für eine große Angst ich davor habe, zu sterben. Ich weiß doch nicht, was mit mir passieren wird, wenn ich nicht mehr auf dieser Welt bin. Ich habe Angst euch zurückzulassen und nicht mehr mit euch zu existieren. Ich möchte doch weiter leben und weiter lieben können." „Schhh." Ethan hält mich wie ein Baby und schaukelt mich hin und her. „Delia, der Tod wird ein Abenteuer sein, das du alleine antreten wirst. Ich kann dieses Mal nicht bei dir sein. Das Leben ist ein Abenteuer, das ich alleine antreten muss. Ohne dich. Aber ich werde dich immer in meinem Herzen bei mir tragen und du mich. Wir werden niemals wirklich alleine sein, okay?" Ich nicke immer noch zitternd. Ethan küsst mich auf die Stirn, auf meinen Hals und überall auf mein Gesicht und mit jedem Kuss wird mein Schluchzen leiser.

„...Das heißt wir werden die Chemotherapie an dieser Stelle beenden und stattdessen mit weiteren Schmerzmitteln ersetzen. Du wirst erst einmal im Krankenhaus bleiben und..." „Sagen Sie es doch einfach", unterbreche ich den Arzt und meine Stimme klingt schärfer, als ich es beabsichtigt habe, „Sagen sie doch bitte einfach, dass ich bis zu meinem Tod hier bleiben werde." Verunsichert schaut der Arzt zu meiner Mama, die tapfer versucht, ihre Tränen zurückzuhalten. Schließlich blickt er wieder mir in die Augen. „Es tut mir leid Delia. Wir können nichts mehr für dich tun. Du hast nur noch wenige Tage zu leben und wir werden versuchen, dir diese Tage möglichst schmerzfrei zu gestalten. Es tut mir wirklich leid." Niedergeschlagen tritt er von meinem Bett weg und plötzlich tut er mir leid, weil er den Patienten jeden Tag solche schlechten Nachrichten überbringen muss. „Danke", flüstere ich und schaue ihm hinterher, als er das Zimmer verlässt. Mama blickt mir unsicher in die Augen, doch ich erwidere ihren Blick nicht. „Bitte lass mich einen Moment alleine", bitte ich sie, denn das ist das Einzige, was ich mir in diesem Moment wünsche. Als auch sie den Raum verlassen hat, legt sich endlich Stille über das Zimmer. Ich überlege, was ich nun vorhabe. Am liebsten würde ich nur noch Ethan sehen, bevor ich sterbe. Ich kann den Schmerz in den Augen der anderen einfach nicht mehr aushalten. Ethan ist der Einzige, der mir erlaubt hat, zu gehen. Mit ihm würde ich mich wohlfühlen. Doch dann denke ich daran, wie schlecht sich Cara und meine Familie fühlen würden, wenn sie glauben müssten, sie hätten die letzte Chance, mich noch einmal zu sehen, nicht genutzt. Ich beschließe, mich von den engsten Familienmitgliedern und Cara noch einmal in Ruhe zu verabschieden. Dad, Mama, Emma, Tabea, Linus, Cara und Ethan. Das sind die Namen, die ich in meinem Kopf immer wiederhole, wie ein Gebet. Vielleicht ist es das auch. Mein eigenes kleines Liebesgebet.

„Na, ihr drei?" Ich wuschele Emma, Tabea und Linus nacheinander über den Kopf und ziehe sie zu mir auf das Bett. Ich habe mich dazu entschlossen, mich gleichzeitig von meinen Geschwistern zu verabschieden. Ich möchte, dass die Drei alle dieselben letzten Worte von mir gehört haben. Vielleicht können sie sich so gegenseitig helfen daran zu erinnern, wenn sie älter sind. „Ist alles okay bei dir Delia?", fragt Emma verunsichert. Ich nicke. „Natürlich. Aber das Wichtigste ist, dass es euch gut geht." „Uns geht es super!", Tabea springt auf meinen linken Arm und ich muss mir ein Stöhnen verkneifen. „Papa ist toll! Er hat versprochen mit uns angeln zu gehen", erzählt Emma begeistert. Eine Träne rollt mir über die Wange. Verdammt, ich hatte mir doch vorgenommen, nicht zu weinen. Schnell wische ich sie weg. „Hört zu, ich muss euch einen Rat geben, okay?" Alle drei schauen mich aufmerksam an und sogar Linus nickt mit dem Kopf. „Macht nicht zu viel Unsinn in der Schule. Treibt Mama nicht zu sehr in den Wahnsinn. Aber Emma und Tabea, ihr habt das Glück Zwillinge zu sein. Spielt den Lehrern einige ordentliche Streiche, in Ordnung? Und bitte versprecht mir, dass ihr aufeinander aufpasst, ihr alle drei. Das Leben läuft manchmal nicht so, wie ihr es euch vielleicht vorgestellt habt. Aber ein Sprichwort besagt, dass es nicht darum geht zu warten, bis das Unwetter vorbei ist. Es geht darum, glücklich lachend im Regen zu tanzen. Versprecht mir, dass ihr immer daran denken werdet. Denkt auch daran, dass ich euch liebe. Egal, wo ihr seid und was ihr tut, ihr werdet immer geliebt."

„Die Zeit, die wir gemeinsam verbracht haben, war einfach viel zu kurz." Dieses Mal ist es mein Vater der weint, nicht ich. „Ich weiß. Aber vielleicht war sie gerade deswegen so schön. Weil wir wussten, dass uns nur so wenig Zeit bleibt, haben wir sie voll und ganz ausgenutzt. Ich werde den Moment nie vergessen, indem ich mit dir geflogen bin. Es war unbeschreiblich." „Und ich werde niemals dein strahlendes Gesicht vergessen. Das war an diesem Flug das Schönste für mich." Mein Vater küsst mich vorsichtig auf die Stirn. „Ich wollte dir auch noch sagen, wie glücklich ich damit bin, dass du Brad gewählt hast. Er ist wunderbar", füge ich hinzu und schaue meinem Vater in die Augen. „Eigentlich hatte ich vor, dir diesen Satz zu sagen. Auf deiner Hochzeit, kurz bevor ich dich zum Altar führe. Doch das Leben ist nicht fair, sonst müsstest du nicht schon jetzt diese Welt verlassen." Mein Dad sieht mich lächelnd an, doch in seinen Augen sehe ich Trauer. Ich kann nur hoffen, dass sie irgendwann vertrieben wird. „Vielleicht hat das Leben stattdessen dafür gesorgt, dass ich es glücklich verbringe. Vielleicht bleibt den Menschen, die so bedingungslos glücklich sind, wie ich es in letzter Zeit war, einfach nicht so viel Zeit wie denen, die ihr Leben nicht genießen. Mein Glück ist jetzt aufgebraucht. Aber glaub mir, ich habe es genossen. Und du warst ein großer Teil davon. Ich liebe dich." „Ich liebe dich auch, mein großes, starkes Mädchen."

„Hey Cara." „Hey Lia." Es ist lange her, seit mich jemand bei meinem alten Spitznamen genannt hat. Doch es gefällt mir. „Jetzt ist es also soweit?", ängstlich blickt Cara mich an und erinnert mich dabei an eine Zeit, die längst vergangen ist. So hat sie mich früher oft angeschaut, wenn ich sie vor jemandem oder vor etwas beschützen sollte oder sie einen Ratschlag brauchte. Ich habe ihr immer gerne geholfen. Ich habe es geliebt, mit ihr über Typen oder religiöse Ansichten zu diskutieren. Oder einfach nichts mit ihr zu tun. Wenn ich so darüber nachdenke, werden mir sogar unsere Streitereien fehlen. „Ja, es ist so weit. Ich habe es schon viel zu lange heraus gezögert, das ist mir jetzt klar geworden", gebe ich traurig zurück und ziehe meine beste Freundin in meine Arme. „Ich werde dich so vermissen." Cara fängt an zu schluchzen und ich streiche ihr beruhigend durch die Haare. „In Wirklichkeit war ich nie die Starke von uns beiden. Das warst immer du. Ich habe mich nie getraut, wirklich über meine eigenen Gefühle zu reden und stattdessen deinen Problemen zugehört und dir geholfen, wodurch ich mich stark fühlen konnte. Jetzt muss ich damit aufhören. Ich habe eine furchtbare Angst Cara." Verblüfft sieht sie mir in die Augen. „Also ich muss sagen, das hast du echt gut versteckt." Ich kann nicht anders, als zu lachen. „Jedenfalls müssen wir jetzt beide stark sein", fahre ich fort, als ich mich wieder beruhigt habe, „ich möchte auf jeden Fall, dass du weißt, dass du in all den Jahren wie eine Schwester für mich geworden bist. Mehr als das. Ich liebe dich unglaublich. Du bist einer der besten Menschen, die ich kenne. Ich habe dir ein paar Dinge, die ich dir noch unbedingt sagen wollte, aufgeschrieben. Du findest die kleinen Briefe in meinem Zimmer unter meinem Bett. Du kannst sie natürlich alle sofort aufmachen, aber ich fände es besser, wenn du es nach und nach tust. Dann hätte ich das Gefühl noch weiterhin ein wenig an deinem Leben beteiligt zu sein." Cara nickt. „Natürlich werde ich sie aufbewahren. Du kennst mich doch." „Sehr gut. Kannst du mir noch einen Gefallen tun? Bitte gib die anderen Sachen, die noch unter meinem Bett liegen, an Ethan weiter." „Natürlich. Das werde ich." Cara wischt sich mit den Händen über die Augen, doch die Tränen fließen weiter. „Ich weiß gar nicht, was ich ohne dich tun soll", schluchzt sie. „Du hast Eva und Rebecca. Sie werden gut auf dich aufpassen." Ich umarme sie noch fester. „Und irgendwann wirst du deine große Liebe finden, da bin ich mir ganz sicher. Bleib einfach ganz genauso, wie du bist. Du bist wunderbar so und ich hätte mir keine bessere Freundin in meinem Leben wünschen können." „Danke. Und, Lia? Du brauchst keine Angst zu haben vor dem Tod. Du wirst in einem Himmel weiterleben, da bin ich mir ganz sicher." Ich lächele ihr dankend zu. „Ich weiß, dass du dir da sicher bist. Ich glaube das hilft mir ein bisschen. Danke." Auch wenn ich den Gedanken vorher immer lächerlich gefunden habe, dass es so etwas wie einen Himmel geben soll, wird mir jetzt klar, wieso die Menschen daran glauben. Es ist erträglicher zu wissen oder wenigstens eine Vorstellung davon zu haben, was nach dem Tod passiert, als einfach nur blind zu sein. Vielleicht denkt sich jeder Mensch seine eigene kleine Welt nach dem Tod aus, um nicht ganz so viel Angst haben zu müssen. Als Cara das Zimmer verlässt und ich sie noch ein allerletztes Mal tapfer lächeln sehe, da tue ich es jedenfalls. Ich stelle mir ein Leben nach dem Tod vor, indem ich früher oder später alle Personen, die ich geliebt habe, treffen werde. Sobald ich mir selbst gut genug eingeredet habe, dass das meine Wirklichkeit ist, hilft es wirklich. Meine Angst verschwindet fast völlig.

Die nächsten Stunden vergehen und die ganze Zeit weichen Mama und Ethan mir nicht von der Seite. Ich befinde mich in einer Art Fieberschlaf, wobei ich immer wieder aufwache und wirres Zeug fasele. Doch irgendwann verschwindet der Nebel endlich aus meinem Kopf und ich kann für eine Weile wieder klar denken. Ich bitte Ethan, das Zimmer kurz zu verlassen, damit ich ungestört mit meiner Mama

reden kann. Er tut es, wenn auch ein wenig wider-
strebend. Er spürt, genau wie ich, dass es sich nur
noch um wenige Stunden handeln wird. Also bereite ich mich darauf vor, ein letztes Mal mit meiner
Mama zu reden. Es tut verdammt weh, dieser Tatsache ins Gesicht zu schauen. „Ich hätte niemals
gedacht, dass ich in eine solche Situation komme",
richte ich das Wort an sie, „aber manchmal habe
ich mir vorgestellt, dass es andersherum ist. Dass
du in einem Krankenhausbett liegst und deine letzten Worte an mich richtest. Dann habe ich mir gewünscht, dass so etwas wie das hier passiert. Ich
habe mir gewünscht, dass ich früher sterben werde
als du, damit ich niemals in einer Welt ohne dich
leben muss. Das war für mich schon immer unvor-
stellbar. Du bist schon immer einer der wichtigsten
Menschen in meinem Leben gewesen. Du warst
eine Freundin und Mutter zugleich für mich. Dafür
möchte ich dir danken." „Oh mein Schatz." Mamas
Schluchzer sind fast das Schlimmste. „Ich liebe
dich Mama. Es ist in Ordnung, dass du eine Zeit
lang um mich trauern wirst. Aber ich möchte auch,
dass du siehst, dass es noch viele andere Menschen
gibt, die dich lieben und die deine Liebe brauchen.
Du darfst Emma, Tabea und Linus nicht vergessen,
versprich mir das. Sie haben dieselbe glückliche
Mutter verdient, die ich haben durfte." „Ich verspreche es." Zu mehr ist meine Mama unter ihren

Tränen nicht im Stande. „Außerdem wollte ich noch sagen, wie froh ich darüber bin, dass du Henry gefunden hast. Er ist genau der Richtige für dich." Ich schweige, weil ich nicht weiß, was ich noch sagen soll. „Mein Schatz, ich liebe dich so sehr. Vergiss das bitte nicht, wenn du diese Welt verlässt. Aber ich weiß, dass du jetzt bereit bist. Du bist bereit dazu, zu gehen. Ich liebe dich." Eine unglaubliche Erleichterung durchfährt mich und ich spüre, wie sehr ich diese Worte auch noch von ihr gebraucht habe. Dann schließe ich wieder für einen Augenblick die Augen, um mich gegen ein weiteres schwieriges Gespräch zu wappnen. Jetzt muss ich mich noch von Ethan verabschieden.

„Du lebst nach dem Motto, das Beste kommt zum Schluss, habe ich gehört?" Ethan lässt sich neben mich in das Bett gleiten und nimmt meine Hand in seine. Ich lache leise und beobachte ein letztes Mal, wie sich Grübchen in seinem Gesicht bilden, als auch er lacht. Er schafft es wirklich in jeder Situation, mich zum Lachen zu bringen. „Eigentlich habe ich dir in den letzten Monaten schon alles gesagt, was ich dir sagen wollte. Nur zwei Dinge noch nicht. Es gab noch niemals einen Menschen, dem ich so Vieles anvertrauen und mit dem ich über so

Vieles reden kann, wie mit dir. Du hast mich spüren lassen, was es bedeutet, wahrhaftig glücklich zu sein. Seitdem du in mein Leben getreten bist, gibt es keinen Tag, an dem ich nicht glücklich war. Außerdem hast du mich erkennen lassen, wer ich eigentlich bin, und zum ersten Mal habe ich mich gefühlt, als wäre ich wirklich etwas wert. Danke für alles, was du für mich getan hast, Ethan. Ich liebe dich." „Es tut mir so leid, dass ich dir nicht mehr Zeit geben konnte und dass wir deine Liste nicht ganz erfüllt haben." Ethan schluchzt nicht. Er weint leise. Vielleicht hat er in den letzten Jahren gelernt, sein Leid leise auszudrücken. „Ich möchte, dass du weißt", sagt er mit zitternder Stimme, „dass ich, seitdem ich dich kenne, nicht ein einziges Mal mehr darüber nachgedacht habe, jemanden zu schlagen. Du hast einen besseren Menschen aus mir gemacht." Ich lächele. „Bitte tu mir noch einen Gefallen nach meinem Tod", flüstere ich, „geh noch in das verdammte Schwimmbad. Mach es gemeinsam mit Cara, Rebecca und Eva, wenn sie Lust haben. Brecht nachts in ein Schwimmbad ein und schwimmt. Und wenn du an diesem Abend vom Wasser aus in den Sternenhimmel schaust und einen Stern besonders hell leuchten siehst, dann bin das ich, die euch lächelnd zuschaut. Und wenn du ein Gänseblümchen pflückst und ihre Blüte dich anstrahlt, dann bin das ich, die dir ein Zeichen sendet. Denn ich werde dich niemals alleine lassen." Ich spüre, dass das meine letzten Worte waren. Ich brauche nichts mehr zu sagen. Ich fühle noch ein allerletztes Mal, wie Ethan sich zu mir herüberbeugt und mir einen sanften Kuss auf den Mund gibt. Ich blicke noch ein letztes Mal in seine faszinierenden grauen Augen und spüre ein letztes Mal seine weiche Hand in meiner. Dann schließe ich meine Augen. In den letzten Momenten, die mir auf der Erde bleiben schwirren mir zwei Gedanken durch den Kopf. Erstens die Worte aus den Harry Potter Büchern: Sterben tut nicht weh. Es ist wie Einschlafen. Nur schneller. Und zweitens: Ich bin der glücklichste Mensch auf der Welt und das kann mir keiner nehmen. Auch nicht der Tod.

Cara

Man lebt zweimal: Das erste Mal in der Wirklichkeit, das zweite Mal in der Erinnerung.

Honore de Balzac

Die erste Zeit nach Delias Tod ist wie eine erdrückende Leere. Obwohl jeder von uns darauf vorbereitet war, können wir es alle gar nicht wirklich glauben, dass dieses fantastische Mädchen jetzt nicht mehr auf dieser Welt existieren soll. Das erste Mal wirklich fassen kann ich Delias Tod, als wir gemeinsam nach einem Termin für die Beerdigung suchen. Ich stehe einfach weinend vom Tisch auf und renne in Delias Zimmer, das ich seit ihrem Tod noch nicht wieder betreten habe. Sofort greife ich unter das Bett und finde eine große Kiste, die mit meinem Namen beschriftet ist, und eine große Kiste, die mit Ethans Namen beschriftet ist. Ich rufe lautstark seinen Namen und nach nur wenigen Sekunden ist er neben mir. Er sieht schlimm aus. Ich glaube, er hat, seit Delia in seinen Armen gestorben ist, weder geduscht, noch geschlafen. Seine Haare hängen ihm fettig in die Stirn und seine Augen sind von schwarzen Ringen unterlaufen. Er sieht aus wie der Tod höchstpersönlich. Ich nehme ihn stumm in die Arme, was ihm jedoch nicht zu helfen scheint. Sein Gesichtsausdruck bleibt genauso starr wie vorher. Als er die Kiste sieht und sie vorsichtig öffnet, sehe ich jedoch Liebe in ihnen aufflackern und ich frage mich, ob Delia die Einzige war, die diesen Menschen zum Lieben bringen konnte.

Ich wende mich meiner eigenen Kiste zu. In ihr finde ich tausende Fotos von Delia und mir. Es sind sowohl welche von uns als kleine Kinder, als auch von ihren letzten Tagen dabei. Zwischen den Fotos liegen kleine Briefumschläge. Ich nehme mir einen heraus und öffne ihn.

Ärgere dich nicht über deine Mama. Ich weiß, sie liebt dich, auch wenn sie es dich nicht oft spüren lässt. Aber bitte denk für einen Moment an alle Menschen, die dich auf der Welt lieben. Siehst du? Das sind einige. Also, lächele.

Es gelingt mir tatsächlich zu lächeln. Delia konnte das schon immer und genau deswegen war sie eine so gute Freundin für mich. Sie konnte mich zum Lachen bringen, obwohl ich gar nicht lachen wollte.

Da ich mein Versprechen, die Briefe erst nach und nach zu öffnen, einhalten will, schaue ich neugierig zu Ethans Kiste herüber. Er ist gerade dabei, einen Brief wieder zusammenzufalten. Seinen Inhalt werde ich wohl nie kennenlernen, doch auch Ethan hat die Andeutung eines Lächelns auf dem Gesicht. Delia hat also genau die richtigen Worte gefunden, um ihn zu trösten. Jetzt holt Ethan ein Fotoalbum aus der Kiste. „Komm her, sie schreibt, ich soll es mit dir zusammen anschauen, wenn du mich gerade anstarrst." Ethan schaut mir kurz belustigt in die Augen und ich kann nicht anders als kurz aufzulachen. Es ist fast schon gruselig, wie gut Delia mich kannte.

Das Fotoalbum ist unglaublich. Delia hat von jedem Punkt ihrer Liste während dem Erfüllen mehrere Fotos gemacht. Außerdem hat sie all ihre Gefühle, die sie dabei empfunden hat, wie in einem Tagebuch aufgeschrieben. Ganz am Ende des Albums hat sie eine Seite leer gelassen und in fetten Buchstaben „**Nachts schwimmen gehen**" darauf geschrieben. „Sie möchte, dass wir diesen Wunsch noch für sie erfüllen", klärt Ethan mich mit erstickter Stimme auf. Auch ich muss mir die Tränen aus den Augen wischen und ausnahmsweise sind es keine Trauertränen sondern Tränen vor Rührung.

Die Beerdigung ist eine Woche später. Ethan hat uns über Delias Wünsche aufgeklärt und so sind nur wenige Leute in dem kleinen Trauerwald versammelt, als ihre Urne in die Erde gelassen wird. Ethan nickt und gibt mir damit das Zeichen, auf das ich schon gewartet habe. Ich fange leise an, auf meiner Geige zu spielen. Ich fühle mich sofort besser, als ich das von mir so geliebte Instrument höre. Wahrscheinlich wusste Delia auch das. Ich kann mir gut vorstellen, dass sie mir das Gefühl geben wollte, gebraucht zu werden. Ich spiele und spiele, während die Vögel in den Bäumen immer weiter zwitschern, als würden auch sie Delia die letzte Ehre erweisen. Es ist eine wunderschöne Zeremonie in diesem Wald. Genau das, was Delia sich gewünscht hat.

Nachdem ich fertig gespielt habe, tritt Ethan vor, um seine Grabrede zu halten. Ich sehe ihm an, wie nervös er ist. Als er nach vorne geht, legt er einen großen Strauß selbstgepflückter Gänseblümchen auf die Urne, in der sich Delias Asche befindet. „Für dich, mein Engel. Jedes Mal wenn ich ein Gänseblümchen sehe, erkenne ich dich in ihm wieder. Jede Erinnerung an dich macht mich glücklich." Diese Worte höre ich nur, weil ich sehr nah an der Urne stehe, und ich weiß, dass Ethan sich mit ihnen nur an Delia gerichtet hat. Erst jetzt räuspert er sich, um zu der gesamten versammelten Menge zu sprechen. „Delia hat mich vor nicht allzu langer Zeit hierher geführt, um mit mir über ihren Tod zu sprechen. Dabei hat sie mich wieder einmal überrascht. Denn ihre Sorgen galten nicht ihren Schmerzen, ihrer Krankheit oder der Angst vor dem Tod, den sie bald erleben würde. Ihre Sorgen galten den Menschen, die trauern würden, wenn sie sie zurücklässt. Sie hat mich gebeten etwas zu sagen, was sie aufmuntern würde. Meine Auswahl ist da sehr groß. Es gibt nicht viele Dinge, die Delia gesagt oder getan hat, die jemanden nicht aufmuntern könnten. Delia war ein herzensguter Mensch. Sie hat mich mit allem, was sie gesagt hat, beeindruckt. Doch heute werde ich euch von dem erzählen, was ich am meisten an Delia bewundert habe. Ich habe da so ein Ding. Ich glaube daran, dass jeder Mensch einen eigenen Glauben hat, durch den er das Leben meistert. Manche Menschen glauben beispielsweise an Gott, manche an Schicksal oder Karma. Doch das Wichtige dabei ist, dass für jeden der eigene Glaube der wahre ist. Als ich Delia von meiner Theorie erzählt habe, war sie sich erst nicht sicher, woran sie glaubt. Doch nach einiger Zeit hat sie mir erzählt, dass sie darauf gekommen ist. Sie sagte mir, dass sie an die Liebe glaubt. An alle Menschen, die sie liebt, und daran, dass durch Liebe alles zu schaffen ist. Und es stimmt. Die Menschen, die Delia geliebt hat, waren ihr Lebensinhalt. Sie war glücklich, wenn ihr, ihre Freunde und Familie, glücklich wart, und traurig, wenn jemand von euch traurig war. Die Liebe. Das ist es, was Delia ausgemacht hat. Unter all den philosophischen Dingen, die Delia in ihrem Leben gesagt hat, ist dieser Glaube an die Liebe wohl das Allerschönste."

Am Abend der Beerdigung, nachdem alles aufgeräumt ist, verschwindet Ethan mit einem kurzen Abschiedsgruß zur Tür. Ich zögere kurz, doch dann laufe ich ihm hinterher. „Ethan?", rufe ich und bin froh, dass er inne hält, als er seinen Namen hört. „Was?", werde ich angeblafft. „Die Grabrede war wunderschön. Danke. Ich bin sicher, dass sie uns allen geholfen hat. Es ist genau das, was Delia gewollt hätte." Für eine kurze Sekunde sehe ich Ethans Gefühle auf seinem Gesicht. Seine unbeschreiblich tiefe Trauer und diese Trauer nur zu sehen, nimmt mir fast den Atem. Doch dann richtet Ethan seine undurchdringliche Maske wieder auf. Er wird wieder zu dem Ethan, den ich in der Schule kennengelernt habe. Kalt. Hart. Doch ich weiß jetzt, wer hinter dieser Maske steckt: Ein Mensch, der Liebe braucht, jedoch zu viel Leid erlebt hat, um sie zuzulassen. „Delia hätte aber nicht gewollt, dass du dich jetzt betrinkst." Ich nicke zu der Glasflasche, die Ethan versucht hat, vor mir zu verbergen. „Ich weiß", flüstert er, „aber es hilft, um zu vergessen." Ich nicke verständnisvoll. Doch dann schaue ich ihn an wie eine tadelnde Mutter. „Delia hätte auch nicht gewollt, dass du vergisst. Nicht so.

Ich denke, es ist an der Zeit, ihren letzten Wunsch zu erfüllen." Ich warte Ethans Antwort nicht ab, sondern greife einfach nach seinem Ärmel und ziehe ihn mit mir.

Wenig später treffen auch Eva und Rebecca vor dem Schwimmbad ein. Ethan und ich erzählen ihnen von Delias letztem Wunsch und die beiden sind sofort dabei.

Es dauert eine Weile, bis wir eine Stelle gefunden haben, an der das Freibad nicht durch einen Stacheldrahtzaun gesichert ist. Doch irgendwann sehen wir eine kleine Lücke und zwängen uns nacheinander hindurch. „Delia hätte es hier gefallen", wende ich mich an Ethan, als wir vor dem Becken stehen, in dem sich der Mond und die Sterne spiegeln. Es sieht wunderschön aus. Ethan nickt mir zustimmend zu. Dann legt er seinen Kopf in den Nacken und blickt hinauf in den Sternenhimmel. Ich frage mich, ob er wohl nach Delia sucht. Als ein Lächeln über sein Gesicht huscht, bin ich sicher, dass er sie gefunden hat. Tief in seinem Herzen oder weit oben im Himmel. Vielleicht auch beides.

Als wir alle gleichzeitig in das Wasser springen und uns lachend gegenseitig nass spritzen, ist es fast so, als wäre Delia noch bei uns und würde uns zuflüstern, dass wir glücklich sein und jeden Tag, den wir auf dieser Erde verbringen, nutzen sollen, damit sie uns dabei zuschauen kann, ohne sich zu langweilen.

Ich habe Ethan nach diesem Tag im Freibad nie wieder gesehen. Er hat das Fotoalbum von Delia genommen und diese, ihm verhasste Stadt verlassen, um an einem anderen Ort zu versuchen glücklich zu sein. So ist es besser für ihn. Ich frage mich oft, wie so ein besonderer Mensch wie Ethan in dieser unfairen Welt, in der er so viel Leid erlebt hat, leben kann. Delia ist die einzige gewesen, die ihn verstehen konnte und eine ähnliche Denkweise hatte wie er. Ich glaube nicht, dass er je wieder jemanden so lieben wird, wie er Delia geliebt hat.

Einige Jahre später sehe ich durch Zufall ein Bild von Ethan in der Zeitung. Er sieht gut aus, wie immer schon und seine Augen haben ein klitzekleines bisschen den Ausdruck, den sie angenommen haben, wenn er Delia angeschaut hat. In dem Artikel unter dem Foto steht etwas von einem jungen, deutschen Arzt, der ein Labor zur Forschung für ein Heilmittel für Bauchspeicheldrüsenkrebs eingerichtet hat. Ich lächele und wünsche ihm in Gedanken alles, alles Gute. Ich hoffe so sehr, dass er Erfolg haben wird, denn wenn er Erfolg hätte, dann würde er endlich das Gefühl haben, etwas wert zu sein. Ein Gefühl, das er sonst nur hatte, wenn er mit Delia zusammen war.

Als ich mir das Foto noch einmal ganz genau anschaue, sehe ich hinter Ethan ein kleines Schild, auf dem wohl der Name seines Labors abgebildet ist. Ich muss eine Lupe holen, um die Buchstaben zu erkennen, und als ich sie endlich entziffert habe, wird mir ganz warm ums Herz und ich denke an die lächelnde, glückliche Delia zurück, wie sie eine ihrer Lieblingsblumen pflückt. *Irgendwas mit Gänseblümchen.* Ethan hat sich wirklich einen perfekten Namen ausgedacht. Delia hätte es geliebt.

Danksagung

Es gibt viele Menschen, die mir geholfen haben, dieses Buch zu verwirklichen.

Danke an Anke, Sophie, Jannis und Daniel. Ihr wart die ersten Leser, ersten Kritiker und ohne euch wäre ich nicht so weit gekommen. Danke Sophie, dass du sofort Fan von Delias Geschichte warst. Daniel, vielen Dank dafür, dass du dich mit mir über alle Möglichkeiten informiert hast, wie die Geschichte zu einem Buch werden kann und mir geholfen hast, meinen Traum zu verwirklichen. Ihr seid eine großartige Familie.

Vielen Dank Hartmut, dass du dir so viel Zeit genommen hast, eine Geschichte zu lesen und zu verbessern, die deinem sonstigen Lesestoff überhaupt nicht ähnelt. Außerdem danke dafür, dass du alle Diskussionen über umgangssprachliche Redewendungen mit mir ausgehalten hast. Lil, vielen Dank für deine Unterstützung bei diesen Diskussionen und für alle Tipps, die ich von dir erhalten habe. Ich habe euch sehr lieb.

Danke an Herrn Münch dafür, dass Sie sich die Zeit genommen haben, meine Geschichte zu lesen. Ich habe viel von Ihnen gelernt und bin froh, dass Sie mein Lehrer waren.

Beryll und Hanna, vielen Dank dafür, dass ihr eure Freistunden damit verbracht habt, meine Geschichte anzuhören und mir ehrliche Kritik zu geben. Lisanne, vielen Dank dafür, dass du mir geholfen hast, den richtigen Titel zu finden. Ohne dich würde ich immer noch nach einem Titel suchen, in dem „Gänseblümchen" vorkommt. Ich bin sehr glücklich darüber, dass ich mit euch befreundet sein darf.

Und vielen Dank Lucas dafür, dass du das Cover für mich gestaltet hast. Es hätte nicht besser werden können. Danke, dass du immer an mich glaubst und meine Idee sofort geliebt hast.

Ihr alle seid ein Teil dieser Geschichte und wenn ich euch nicht gekannt hätte, hätte ich sie niemals so schreiben können.

Anouk Luisa Wieneke

wurde im Jahr 2001 in Krefeld geboren. Aufgewachsen ist sie in Wermelskirchen, wo sie 2018 ihr Abitur absolviert hat.

Das Buch „Irgendwas mit Gänseblümchen" ist zwischen März 2016 und April 2017 entstanden.